爲何你要、遇見我

Why You Have Met Me

祿緣老師／著

不祥的緣分，我們還能重逢嗎？

作者簡介

祿緣老師，網上命理店「祿緣，半善居」創辦人，原居香港，心理學碩士及社會科學背景出身，現職爲命理師。

喜愛去親近大自然、品茶、去甜品店、坐咖啡廳，過著休閒式廢靑生活。關注政治及社會的腐男一個，熱愛參與具爭議性的事項或討論。

以開放式的道德倫理價值觀，放下世俗眼光去提供命理及輔導服務。

深信每一個人的相遇都是一個緣分，卽使來到本店的客人亦是一樣。

認爲假如命理師都被世俗價值觀所限制，所論之事就會變得偏頗。

因此，只提供不同的可能性及選擇，以及相對應的後果，以不代作決定爲原則去幫人算命或各種論命服務，被形容爲很有性格的命理師。（不知道是好事還是壞事）

人生總是充滿著改變，我們永遠也不知道意外還是明天會先到來。

生活在亂世之下，堅持溫柔地與世界的不公義抗衡。

因著想把有血有肉的經歷紀錄下來，記下身邊每一段的緣分，不願所經歷的人和事變成逐漸逝去的回憶，而踏上寫書之路。

　　願大家都能夠有與世界抗衡的勇氣，勇敢地去做真正的自己，踏上真正屬於自己的道路與人生，而不是身邊的人和社會爲你設立的人生。

引子

本書以香港二零一九年起反修例，或稱為反送中的社會運動為背景，使讀者回顧這次社會運動的各個階段：由最初的反對聲音，到過百萬人的和平大遊行，到社運的全面爆發，再到社運後期。本書採用小說體裁，由社會運動參與者的真人真事所改編，紀錄當中的見聞及感受。

基於安全理由，本書所有人物均為匿名或化名。

故事講述一個社會科學背景的學生「緣分」，以社運小白之姿開始去參與社會運動，並逐漸克服恐懼，由極為怕事，只是隔幾條街聽見有衝突發生就逃離的膽小鬼，變成參與越來越深入、行動越來越進取的一個「手足」。

故事以簡單直白的字句，描述參與社會運動後生活圈子的突破，不同抗爭活動之下所見到的情景，與一起合作的同伴、不該愛卻愛上的人、一起下場以至被捕的戰友等人的相遇，以及倖存者們的內疚等等各種經歷和情感，作為對這場社會運動沉重的記錄和見證。

以主角第一身視角去表達經歷和感受，希望能夠令到不同人可以更為切身地感受到社會運動參與者所經歷和面對的事，了解香港社會在這段時間的變化，以及體會香港人在這場社會運動中的感受。同時，亦希望這一段歷史，不要被某些別有用心的人，改寫成另一個版本。畢竟，歷史往往很容易就被扭曲。

　　「我們可能改變不了時代，可是最少我們證明了彼此沒有被世界同化。」

　　「我們在這個時代盡力了，最少我們對這個時代已再沒有虧欠。」

　　「感謝這些年帶給我的遺憾，和時間不能磨滅的回憶。有了遺憾，人生才算完整。」

目 × 錄

回憶的浮現

「祿緣，半善居命理」

「嘿，老師你好。」有一個客人走進來。

「你好喔，歡迎，請坐喔。」我看著這位剛進來的小姐，好像很趕的過來，上氣不接下氣的。

「我是朋友介紹過來的，她說老師你論命跟其他人很不一樣，很有獨特的見解，所以我想來聽一下你的意見。」她喘著氣地說著，同時把手袋放下。

「要不要先喝杯東西？你應該口乾了吧。」我遞給她一包果汁。

「好啊，謝謝老師，我害怕你關門了所以就趕緊跑過來了啦，還好能趕上。」她一邊喝著飲料一邊說道。

「不用那麼急，我還沒到關門的時間。」我微笑著說道。

「老師你看起來很年輕耶。」

我笑著回她說：「年紀跟能力不一定掛勾嘛。」

「你那麼年輕就當命理師呢。」她驚訝地說著。

「有時候緣分就是這麼微妙的，很多東西你自然而然就走到那邊去；有些事你很想抓緊，卻怎麼也抓不緊。」

「你說話很玄呢。」

「人生本來就不簡單啊。」

　　「店舖名字很特別，是有什麼意思嗎？而且爲什麼老師你那麼年輕會選擇當命理師？」女客人一連問了好幾個問題。

　　「你趕不趕時間？有沒有興趣聽一個故事？」我拿起一旁的花茶喝了一口。

　　「故事？好啊，我最愛聽故事的了。」

　　「那我講一個關於我朋友的故事給你聽聽，你聽後就懂了。」

初遇之緣

　　我叫緣分，是一個在修讀社會科學的學生。在2019年春天，香港政府打算修改有關逃犯的條例，然而這一個想要修例的做法，卻觸發了一場轟動全世界的示威，社會上不同地方都就著這個社會議題熱烈的討論，我也是其中一個反對這項修改的人。

　　社會上就著這個議題不同意的聲音佔絕大多數，反對的聲音此起彼落，在不同的地方，網絡上、車站、街上橫額等等，不同的地方團體，或是政治組織都有大量建議著政府先多做一下咨詢才決定。

　　為什麼反對？因為「送中條例」等同將一國兩制、兩個司法管轄區的界線變得模糊，而且中國內地的司法跟文化大家都眾所周知。如果「送中條例」真的通過的話，那麼香港言論自由不就變得岌岌可危？有一天不小心政治不正確然後被抓回去怎麼辦？萬一香港的司法制度變成跟內地一模一樣怎麼辦？

　　說實話其實我是一個很膽小、很內向的人，不過因為看到這個修例背後的風險，我就想著看看能不能做一些事情來讓更多人知道及關注這件事，順道拉攏一下更多人去反對這次修例。想到我們年輕一代相對比較熟悉科技，網絡上的資訊十分流通，可是上了年紀的叔叔跟阿姨，或是伯伯跟婆婆們就不一定知道現在發生了什麼。剛好看見有很多年輕人在

街上發宣傳單張，以及不同的文字及圖像宣傳，我們稱之為「文宣」，所以啊，我就鼓起勇氣起過去問：「你好，我想幫忙一起派，請問可不可以？」

「你好，歡迎歡迎，我叫大毒薯。」一個高高瘦瘦，臉上很多暗瘡的男生回應我。

「你好，你叫我小毒薯就可以了。」這時候隔壁一個拿著傳單在派的男生跟我說話。這名字一聽就知道一定是兄弟了。

這時候有一個女生走過來，看上去很兇巴巴的樣子，看看我然後看著大毒薯說：「這是誰？」

「他是新來幫忙的，他叫……」大毒薯講到一半用奇怪跟求助的眼神看著我。

我發覺自己忘了自我介紹，趕忙說：「我叫緣分，因為不知道可以做什麼，所以想來幫幫忙，你好。」

那女生霸氣的說：「我叫非洲姐，別看我好似很兇的，我可是很講義氣的，不信的話就問問他們。」

一旁還有個女生這時候也說話了：「我叫秋野，歡迎。」秋野看上去比較斯文。

「文宣都在這裡，隨便拿去派就可以了。這些飲料隨便喝就好，不用客氣。」大毒薯跟我展示著東西擺放的位置。說罷他就拿起音響到一邊發表著演說。

然後我就拿起一些傳單，羞澀地在地鐵站的出入口派發。就這樣我跟這次的社會運動拉上了關係。

大約過了兩個星期，他們叫我上去一個辦公室似的地方開會。上面看到一個男生跟其他人在說話，大毒薯跟我介紹

說那個男生叫做正常。嗯，名字都很奇怪。我們走到房間的另一邊去開我們的小會議。

都坐下來了以後，大毒薯向著大家說：「除了發傳單以外有沒有其他可以做的？」

「有沒有可能邀請一些有名的嘉賓過來演講？可能效果會比較好。」秋野提議道。

「也可以，可是我們需要比較好的設備。」大毒薯回應著秋野。

「要不其實我們可以試搞放映會，播影片好像沒那麼悶？」非洲姐也說話了。

「這也可以，找人借投映機應該不太難。」小毒薯也同意了。

因為我什麼都不懂，基本上都在那聽著別人說，沒有給什麼提議。最後開會開了一個多小時後，終於把細節都定下來。

「緣分你喝不喝酒的？聊聊天？」大毒薯邀請著我。我愣了一愣，因為沒想到會有人邀約我喝酒，然後回說：「好啊。」有人來找我這個半邊緣人跟社會底層的垃圾喝酒，何樂而不為呢。

然後我看見正常跟非洲姐拿著一枝威士忌走過來，在一旁的我跟秋野不禁皺了皺眉，心想：「現在的人都一來就那麼激烈嗎？」

就這樣，我們一邊瘋狂喝酒，一邊聊到半夜。只用了一個晚上，大家互相就有了一定程度的了解。

我們基本上每個禮拜都會有最少兩三天一起在街頭努力

著。然後總有一兩天是喝酒聊天到凌晨。我覺得很快樂，因爲有理念跟想法差不多的朋友的感覺很好。而且我原本的朋友圈都是比較斯文比較乖，基本上不會有人跟我整個流氓似的在喝酒聊到半夜。

有一天，剛好我自己所住地區討論的群組跟網絡上，有人在問有沒有人可以幫忙辦一些地區活動，說實話我不知道自己是哪來的勇氣，就聯絡了他們說自己也想要幫忙。

因爲剛好有人能在大學裡面佔到一個房間，所以我們的第一次見面是約在一家大學裡面。我剛踏入門口，就看到已經有幾個人坐在裡面了。椅子都是圍著圓形的擺放。

「你們好，你們是不是活動群組的？我有沒有去錯地方？」我說話有點結結巴巴，我到底是在緊張什麼啊……

「歡迎啊，快進來隨便坐，還有人沒到。」有一個穿著超小件衣服的女孩笑著跟我說，我心裡第一個感覺就是你穿了跟沒穿有什麼分別？是我太保守還是我已經跟社會脫節了？

「好的。」我覥腆地回應道。

我剛坐下，放下背包，門外就有一個穿著襯衫跟西褲的男生進來，拿著登山杖，背著一個背包，臉帶微笑地說：「你們好，我是K，請多多指教。」

這時候一個矮矮的，身上有很多紋身的人說：「你好啊，歡迎你K。」

隨後是一個綁著馬尾的女生接著進來說：「對不起，剛下班，所以來晚了。」

「沒關係，人應該都到齊了，我們開始吧，我們再來一次自我介紹吧。」剛剛歡迎我的那個女孩說道，然後她接著說：「大家好，我叫三萬，我是做一些設計有關的工作，也是這次邀請大家過來的人，很感謝大家願意出席跟幫忙。」她說話的時候很客氣，跟她的衣著風格完全不一樣。

「我叫可樂，我是當廚師的，很高興認識你們。」很矮的那個男生說道。

「我是K，是在做工程。」

「我也是做工程的耶，真巧，你們可以叫我總書記。」有一個看上去很可愛，十分和善，而且樣子一看就知道是就十分穩重的那種的男生說道。聽到這名字後我們忍不住笑了出來。

然後有一個頭髮長長的女生說：「嗨，我是小明，我做社福工作的，很高興認識大家。」

「我是優優，做服務業，你們好。」剛剛最晚進來的那個女生開口了。

「我叫阿偉，我是做金融服務行業。」一個胖胖的男生介紹道。

我看了看，好像大家差不多介紹完了，剩下兩個人還沒說話，我在想，沒理由當最後一個人吧，這樣好像很奇怪耶。掙扎了一陣子，我決定還是先開口說吧。

「大家好，我是緣分，現在還是一個學生，你們好喔。」我才剛說完，三萬就說：「學生喔，很年輕耶，你現在是在讀什麼？」

「我……我是讀社會科學……不算年輕啦。」我結結

巴巴地回道，然後心想，靠北我到底在說些什麼，什麼不年輕。尷尬癌瞬間發作起來。

「嘿，你說你不年輕，那我們到底是算啥，老人家喔？」優優插把嘴進來，用著抱怨的語氣說道。

「好了好了別嚇到弟弟，你看他臉紅耶。」可樂笑著說道。

啊～媽啊，我到底在做啥，我是誰，到底在說什麼啊⋯⋯真想找個洞躲進去⋯⋯這也太太太尷尬了吧⋯⋯啊啊啊⋯⋯

「好啦我也自我介紹一下，我是小鳥，從事文化類的工作。」這時候一個頭頂圓圓，頭髮很短的男生開口，我第一個反應是在心裡想，你是不是準備去出家當和尚？把頭弄得那麼光溜溜是怎麼了。而且樣子也太太太呆了吧，你是電車男還是宅男？

「應該剩下我還未介紹了吧，我是小戴，現在在一些福利團體裡工作，是比較多關注基層市民的那種。」一個有著包包臉的女生說道。

「好了，讓我來說明一下，我們接下來會辦一個遊行，因為我們的區域暫時還沒有團體想要辦，所以我們來辦。而我這裡有一些舉辦遊行的相關法規跟要求，大家可以先看一下。」三萬很認真地說，然後給了我們每人一份資料。

我先是愣了一愣，因為完全沒有想到人生中會有幫忙舉辦遊行的一日，我看了看三萬給我的資料，需要的東西跟人手要求真的很多啊。

幾分鐘過了以後，三萬接著開口說：「大家看好了沒，

不如我們先討論一下我們遊行的路線，大家覺得哪裡當起點比較好。」

「這個公園大家覺得怎樣？那裡地方比較大，可以有地方去設置音響跟講台，又可以同時讓幾萬人在裡面集合，算是個不錯的地方。」小戴拿出一大張地圖指著說道。我心想這準備也太好了吧。

「我覺得這也是很好啊，這地方大家都熟悉，誰都懂得去。」可樂接話說。

「地方是不錯，可是人流該怎麼走？公園出入口都在同一個方向，人那麼多會不會堵著？」小鳥提出問題，想不到他看上去呆呆的，宅宅的，頭腦卻還挺清晰。

「這倒是一個問題。」可樂說道。

「可是如果不用這個公園做起點的話，還有沒有其他選擇？」K也說話了。

「區內應該沒有比它更大的地方了。」我說。

「我想可能我們需要先去一次實地考察研究一下。」阿偉說。

「那我們先討論一下終點吧，起點晚點再討論。」優優決定不再糾纏在這個話題。

可樂伸手指著地圖提議說：「終點的話，這個公園好不好啊，地方夠大環境又好，又可以放大型音響，又夠位置讓大家聚集然後請嘉賓說話。」

「可是附近都是一些私人住宅，如果放大型音響的話應該會吵到人，然後被樓上扔雞蛋。」總書記說。

「那裡位置不近車站，到時候如果人很多的話，離開會

不容易吧。」K說道。

「這……其實好像有點遠吧……」我就小聲地說了一句。

「好像真的有點遠……等我看一下地圖……這……地圖顯示中間都有幾公里距離，走路應該也要一個多小時，那麼久對老人跟小孩有點辛苦吧，而且天氣也應該挺熱。」三萬說。

「要不就定在這個遊樂場，好像會比較好吧。附近有車站，地方也夠大，距離也短了兩公里。」總書記提出了新的地點。

「這個好像不錯耶，附近有商場跟店舖，到時候要買東西補給也算容易。」我衝口而出說了這一句。

「這我覺得也可以。」阿偉跟小鳥和議道。

「那不如就這樣，終點就定在這裡，然後起點我們再討論。」優優來了個小總結。

「那就進入下一部分吧，我們需要設立救護站、設計、宣傳活動、安排糾察和音響，就先討論救護站好了。」三萬打開下一個議題。

「救護跟急救這部分我可以幫手，我認識一些急救的組織跟護士，我可以問一下他們能不能幫忙。」小明負責起了這部分。

優優接著說：「我也認識一些做護士的，我也可以問一下。」

「我們要設置多少個救護站？」總書記問道。

「最少應該也要四個吧。」三萬回應說。

在他們東一句西一句討論的時候，其實我覺得自己好像幫不了什麼忙，因為他們說的，其實我全都不太懂，我認識的人跟團體也不多，基本上什麼也做不了。在這個場合上，我感覺像是來打醬油。說急救，我在這範疇一點認知也沒有。可是其他人，好像是所有東西都很自然，什麼都懂，人脈也很廣。我在想，為什麼好像我什麼都不懂，是不是因為我特別爛。在我內心上演小劇場的期間，總書記突然說了一句：

「嘿，時間到了，我們要交場了。」

「不知不覺已經那麼晚了啦。」三萬說道。

然後大家就把下一次見面的日期定在隔一個禮拜的星期五晚上。

我們幾個人就一起離開大學的校園範圍，坐車回家。在路上我們都在了解大家，畢竟是第一次見面，剛認識就當然比較多問題想要知道的啦。

因為我也是第一次跟滿是紋身的人交朋友，所以我就對著可樂問了一個很白痴的問題：

「嘿，可樂，你怎麼全身都是紋身？」

「怎麼了，我這身紋身不帥嗎？」

「不是啦，我只是好奇幹嘛紋那麼多啦。」我一邊說一邊心想你也太自戀了吧？

「就因為好看啊，你要不要也紋一個？」 他懷著一個有點壞的笑容說著。

「我也想試試看啊，可是我怕疼。」我用著尷尬的語氣說著。

「不疼的啦，忍一下就好。」他的笑容變得跟那些要拐帶小孩的怪叔叔差不多。

「我研究一下吧。」我在說的時候，臉上明寫著鬼才會信你那些屁話。你跟吃辣的人向別人說這些東西不辣的有什麼分別？

「就好像給蚊子叮那樣而已，不會太疼啦。」他伸手拍了拍我的肩膀。

「鬼才信你，明明很多人都說很疼的。」

「男生嘛，一點疼算什麼。」

這時候我聽到三萬跟小戴在說過幾天有一個合作的項目要去演講，我直接扔下可樂然後走過去問：「你們兩個原本就認識的嗎？」

「對啊，我們有些時候會一起有一些合作。」三萬有點尷尬地回我說。

轉眼間車已經到站了，我們就此道別。

過了幾天有一個大型抗議活動，我跟朋友在政府大樓近海邊的一個草地坐著，在距離我們不遠處就是金鐘的天橋，我們沒有過去，因為我們都知道那邊是有大量人群在抗議，而因為我們都是比較膽小的人，所以就不敢走近那邊，只遠遠地參與「野餐」湊一下人數，我想，這應該算是某種形式的行動跟精神上支持吧？

我們剛坐下不久，就突然看到有一堆人跑過來，說前面警察舉起了紅旗（將會使用武力的警告），我們開始緊張了起來，從來都沒遇過這樣的事情啊。才過了沒一會，又有人跑過來說已經展示了黑旗（將會使用催淚煙的警告）。然

後就有一大群人好像逃難似的跑過來，我們不知道發生什麼事，這時間有人大叫：「開槍了，警察瘋了，向人群射了催淚彈。」

我頓時覺得很不可思議。因爲拿起手機看新聞直播跟照片，那些抗議的人又沒有槍沒有炮，什麼也沒有，頂多就只有保護自己的頭盔，而且也只是堵路在抗議，又沒殺人又沒放火又沒搶劫，用不著這樣吧？

我們第一次遇到這場景，說實話我們也害怕極了，不知道該怎麼做跟應對，可以說是六神無主，然後就跟著逃難的人潮一起逃跑。我們去吃了個晚餐後就回家了，每個人都被嚇得不輕。回家後看新聞，發現政府一方把那天定性爲暴動。我內心有一個很大的問號，這也算是暴動？暴動的是警察吧，這倒果爲因的做法著實讓人大開眼界。

沒想到，才沒過了幾天，又有一則轟動的新聞出現了。那就是有一位爲民主追夢的人選擇了以死明志，他的犧牲，讓人爲之動容。這一夜，整個城市都好像失去了色彩。網上關於那位烈士的新聞跟討論鋪天蓋地，大部分人都被悲傷籠罩著，我也哭了很久很久……

接下來的遊行，也是舉世矚目，那一天，我跟朋友約在地鐵站，一起去參加遊行，那一天，人眞的很多。我還沒出車站，就看見了排山倒海的人潮，一個擠著一個。有老人，有看上應該只有兩三歲的小孩，跟著爸爸媽媽一起參加遊行。看到這一幕幕，我想這應該就是最好的身教吧。我好

不容易，在地鐵站內擠了很久很久後才走到上去地面，一上去，就看到滿滿的人，幾條大馬路都站滿了人。我在想，這應該是有史以來最多人的一次了吧，滿滿都是一家大小的影子。好像，好久都沒有看過人與人之間這樣的團結。更何況，街上絕大部分人們基本上全都是互相不認識的。這一個遊行我花了差不多半天才把那段路走完了。我們都十分累，天氣也很熱，路程也很遠，可是大家都選擇了堅持下去。到最後，大會宣布有接近二百萬加一人參與了這次遊行抗議。當人們說出那特別的一個，感覺是那麼的悲痛。

　　我想，這人數應該可以了吧？這麼多人反對應該沒理由繼續強推了吧？

　　誰知道，現實跟我預料的完全相反，政府沒有半點想要讓步的意思。

　　又到了跟可樂們聚會的時候。

　　「這個政府現在是怎樣？都已經死人了還是這副唯我獨專的樣子？」小明激動地揮舞著手腳說道。

　　「不就是，都死人了還是那麼獨裁，還要把人打到頭破血流！」優優看上去也很生氣，臉都紅了，如果眼神能夠殺人的話那麼應該都要死很多人了。

　　「警察也很過分啊，對著那麼多人放催淚煙，現在拿著槍就可以那麼霸道，想開就開。」可樂也一起開罵。

　　「這根本沒人性啊，有沒有可能對著那麼多人開槍放煙，小孩子、老人家耶！」我也有點激動。

「警察也只是棋子而已，不過他們自己甘願墮落，看來這次應該沒可能善了。」總書記還是一如既往的沉穩，看上去還是十分的冷靜。

「我明白大家都很生氣，但是我們還是先討論遊行的部分吧。」阿偉把激動的大家拉回正題。

「我覺得宣傳可以結合不同的東西一起做，例如早幾天發生的事我們也應該要讓更多人知道，尤其是沒有出來遊行或參與的人。」三萬帶點猶豫地提出建議。

這時間，我才知道原來大家都是那麼有正義感，好像，終於找到一堆志同道合的人。因為我一直以來都是一個異類，從小到大，我都跟別人很不一樣，甚至被排擠，被歧視，從來就沒有什麼人跟我的思想是同頻的。但似乎這次跟以往有點不一樣了。

「我覺得可以啊，反正這也是我們本來也要做的事啊。」可樂和議。

「誰可以設計一下新的文宣？」小明問道。

「我可以幫忙弄一部分。」三萬說道。

「我也認識其他地區負責設計傳單跟海報的，我找他們問問試試看。」可樂跟三萬一起分擔一部分。這時候我覺得三萬跟可樂是不是有些什麼，他們怎麼整天都在一起做同樣的事？

「我覺得我們也可以參考一下其他區，弄一幅連儂牆。」總書記提出了另一個做法。

「那我們直接把宣傳單張貼到人行隧道好不，那裡最多人經過。」小明連地點也那麼快就想好了。

「這不就很簡單。」可樂很得意地說道。

「簡單還是要做啊，而且沒想像的那麼容易。」優優反駁著可樂。

「那設計跟傳單這部分就這樣定了，內容就稍後再研究吧。」三萬敲定了這部分的事。

「那我們回來談一下音響吧，我們要多大的音響？設不設演講台？」K提出了一個重大的議題，因為這是最花錢的一個部分。

「講台我覺得弄一個小型的就可以了，太大的好像沒那個必要。」可能是我比較窮，窮等人家很自然就向著錢的角度去想。

「中型跟小型的演講台分別大約要多少錢？」小鳥問道。

「如果好像平常其他人那些就，基本上可能要八到十萬，小型的就大約兩到三萬應該勉強可以。」K把價值簡單說明了一下。

「有沒有可能不做講台，直接弄喇叭就好啦？」我真沒想到總書記比我還要省，我甘拜下風。

「這好像有點太遜吧，氣勢都沒呢！」可樂皺起眉頭，一臉奇怪的表情說道。

「其實在談這些以前，我們是不是該先研究錢的問題呢？有多少錢做多少事啦。」這時候優優提出重點來。

「那我們籌不籌款啊？」可樂問道。

「好像不收錢好一點吧，免得被人家說東說西。」小鳥說道。

「一牽扯到錢就很麻煩，我們自己給就好了啦。」優優看來也擔心籌錢的風險。

「對啊，錢多是非多。」阿偉也同意。

「我也覺得不收錢比較好，如果大家都認同不收的話那就我們自己出吧。」三萬說道。

那麼多個人裡面只有我一個還是學生，經濟能力是最弱的。如果說沒壓力那是假的，可是為了自己的理念，也不能計較那麼多吧。

在我走神的時候，小鳥突然說了一句：「要不我們先實地考察一下才決定細節？每個場地的條件不一樣，現在講那麼多不一定可以用。」

大家就直接放棄討論，待看了再說。然後就隨便約了一天大家都有空的出去實地考察。

可樂提出說：「不如我們一起去吃甜品？」

「好啊，在大馬路的那家好不？」三萬回應說。

就這樣，我們就去了吃甜品，一堆剛認識的人，就猶如認識了很久的老朋友一樣，聊了一整個夜晚。那一夜，我們都對未來充滿著期待，為了各自的理念，一起的努力著。

而我，也繼續跟著朋友一起在港島的各種活動上充當著和理非，幫忙購買東西給其他有需要的人，在活動現場傳遞物資，參與著不同的部分及能力範圍的崗位，能幫，就幫吧。其實我只是抱著幫助別人的心態，看著人家那麼努力為香港的未來犧牲著，我也沒理由閒著吧。

　　才過了沒多久，我們就迎來了又一次的震撼，在七月一日這天，又有一個大型遊行。我跟我的朋友在遊行的路線中設立了一個物資站，就是收集鮮花去悼念犧牲了的人，同時也弄了一幅連儂牆讓大家有個地方可以留下一些心意卡。人眞的眞的很多，差不多近我們這邊的人都走過來寫下心意，也有很多人專程過來向我們打氣。我們忙得不可開交似的。過了大半天，前面突然有人大叫說：「立法會要人！立法會要人！」我們大家你眼看我眼，一臉的疑惑，然後有人拿著新聞直播過來給我們看，我看見有一堆人在立法會門口想要衝進去，我就不由得的說了一句：「我操，這是什麼，他們也太狠了吧，會不會有點太暴力？是有多不怕死啦。」

　　不知道爲什麼，心中有一點異樣的感覺，就想要問一下其他人安全不，在哪裡。然後啦，發現可樂跟三萬他們是在那邊附近。這時候，我好像懂了些什麼。

　　到了晚上，我走了過去立法會附近的出入口，然後看見了我中學的其中一個兄弟，紅井，我平常都叫他一聲哥。

　　「哇，怎麼你也在這耶。」他見到我的出現簡直是震驚。

　　我不以爲意的回應說：「怎麼了，我在這有什麼問題？」

　　「這跟你的人設有很大距離耶，你參與就已經很奇怪了，還走到這裡那麼前？」他還是一臉驚訝的樣子。

　　「這不算前吧？」我完全沒有任何的意識到我這裡叫做前線區域。

　　「隔壁就是立法會了，還不前？」紅井逗起我的下巴，

用一個像是看傻瓜的眼神望著我說道。

亦因為近距離的對望，我才看見他頭上有傷，而且背後也掛著一個頭盔，我慢慢的伸出手去摸一摸，有點心痛的說：「你看看你，都受傷了。」看著自己的兄弟受傷，心中有點異樣的感覺。

紅井可能是看見我的表情有微妙的變化，接著說：「不用那麼大驚小怪啦。」然後拍了我一下。

我搥了他胸口一下，然後說：「哥你那麼英勇幹嘛？當英雄喔？現在是不怕死嗎？」

「要不你自己來試試？有誰會不怕？不過怕有什麼用啦。」他拿著傘戳了我一下。我眼眶有點微紅，紅井看到後擦了擦我的眼說：「都這麼多年了，你這個愛哭鬼還是這麼容易哭。」

我不知道應該說些什麼，只能用顫抖著的聲線向著這個兄弟說一句：「別死，過幾天出來吃飯。」

「行啦，你先顧好你自己。」他拍了拍我肩膀。

然後聊了會，才發現兩個人已經好久沒見了，要不是這次的偶遇，也不知道原來大家的理念跟立場是那麼相似。

我看著車輛班次，再看看時間已經很晚了，再不走就沒車回家，而且我也要回去幫忙把東西都收拾好，我就先離開。

突然間警察會在午夜的時候攻入立法會的消息在全城流傳。我再一次看著直播的時候，人們都建議在立法會的那些人出來，過了沒一會，有一堆抗爭者突然進入了立法會，我看得一頭霧水，不是說撤離嗎？怎麼又一大堆人衝進去？

我還在疑惑這個問題的時候，聽到直播中記者哭著問在進去的示威者們是在做什麼，他們不害怕嗎？然後出現一把很稚嫩的女聲，哭泣著說：「我們也很害怕，可是我們更害怕明天看不見他們幾個。」原來他們是進去想要救人，把人都抬走，真正的做到齊上齊下，要完完整整的離開。在聽到那個女生的話，我的眼眶紅了，想要停下，可是就是停不了，眼淚一直一直流，直至忍不住大哭，彷彿把過去生活的壓力也一次過釋放了出來。

　　過後，我想起我走的時候紅井還留在那，就發短訊看看他是否安好。

亂世之下的緣分

　　後面有人跟我聯繫，說有人想要幫忙一下年輕人，我就去了跟那個人見面。同一時候，我也與一些有相同理念的社工搭上線。跟他們吃飯的時候，才知道原來這次有很多不同的專業人士參與。意外的是在聚會時居然遇到同校讀社工的師姐娜娜子，想不到這世界原來是比想像中小。

　　自從有了這群專業人士的協助，物資跟裝備籌集的支線在我生活中所佔的比例開始變得更為重要，收集的速度算是加快了很多很多。他們也會為我穿針引線，去見不同的有心人，或是直接籌集物資去給我這邊。認識了他們以後，我才發現我原來的世界是有多麼小，自己是有多井底之蛙，而且也讓我見識到了何謂人脈……

　　東西拿到手後第二天，我就把可樂約了出來。

　　「約我出來做啥？」

　　「沒事就不能約你出來嗎？」過了幾秒我再說：「想看你死了沒有。」

　　「呸，吐口水再講過，你他媽就死，你死我都沒死。」然後他報以一個鄙視的眼神說著。

　　「怎麼那麼拼，你不怕的嗎？」我也回他一個反白眼，捏了他的手一下。

　　「你講什麼？怎麼我都聽不懂。」他開始在裝瘋扮傻，用他的左手摸著頭說。

「再裝啊，早幾天你在幹啥。」我再白眼他一遍。

「你管我，關你屁事，你是誰喔？我爲什麼要向你交代？」他像個小孩一樣臉上擠著兇巴巴的表情。

我踢了他一下說：「拿著。」然後扔給他一個大大的箱子。

「這啥？」他一臉的疑惑，看樣子就好像是覺得我會害他似的。

「你是不會自己看？要我跟你說的話那這是炸彈好不好？別打開喔，會炸死你。」我看他就像是一個傻子一樣，鼓起了臉。

他打開箱子了以後說：「幹，你……你哪來那麼多這些東西，你是做軍火的嗎？」然後他直愣愣地看著我，我們四目交投的互相看著大家，一陣的沉默，但在這個相顧無言的時間，我不知道爲什麼心裡有點奇怪的感覺。

我忍不住了然後扭過頭來開始裝傻地說：「我只是撿破爛的，剛好撿到這堆垃圾。」畢竟我也不好說太多。他用力打了我肚子一下。

「撿破爛，要不你告訴我在哪裡撿，讓我去幫你撿，別自己一個去撿那麼辛苦嘛。」他就笑得好像一個拐帶孩子的變態一樣。然後再用壞壞的語氣說：「大學生，你不怕死嗎？不怕我去舉報你喔？」

「我是做廢物回收的，死什麼？我都不懂你說啥。」我繼續裝傻，但內心那奇怪的感覺還是在迴盪著。

「看不出來呢，你平常婆婆媽媽，真想不到你原來是這樣的人。」他興奮得像一個傻子一樣，猶如一個小孩看見了

喜愛的玩具一樣。

「你不也是一樣？你跟三萬也看不出來那麼勇武啊。」

「謝啦。」他伸手輕輕的打了我一拳，臉上掛著一個挺可愛的笑容。

就這樣，我們就開始了私底下的合作。不過臨走以前，他叫我不要讓三萬知道這些東西是我給他的。這我覺得有點奇怪，讓她知道有什麼問題？不過還是先當成是在保護我吧。

過了幾天，我們一行人就去了實地考察。我們約了在公車站集合。我跟小鳥、總書記、優優是先到了的幾人。

「好大雨啊！」優優皺著眉頭說。

「我光是從家裡走路過來就已經濕透了。」我看著我那濕透了的褲跟鞋，整個人都是在滴著水。

「都已經出來了，沒理由不去吧。」小鳥搖著頭說道，語氣中帶點無奈。

「難得今天大家剛好都有空，沒辦法啦。」總書記也是無奈地說著。

「很累啊今天，忙死了，現在的人都是不是有病，整天都在投訴這投訴那。」優優開始訴說她在工作上所遇到的衰事。聽罷後其實覺得在香港這裡發生這些事是很正常的，可是也讓人不得不感嘆，這世界是不是有病。人為了生活，其實都很累很累。

「希望我畢業後遇到的客人別那麼麻煩就好。」我由心期待的說著。

「你就別幻想吧，這社會的人都有病。」總書記神補刀

了一下，而且笑容怪怪的，怎樣怪呢？就像是平常看戲裡面殺人犯黑化了的那種笑容。

「你真的想太多啦。」小鳥也笑得有點奇怪。

「你做社會福利的就別幻想那麼多，不煩死你就算了。」優優也用著一個異樣的眼神看著我，然後又突然補了一句：「唉，年輕真好，想當年我也是這樣的天真過。」

這時候，小戴、可樂跟三萬一起走過來。

「在聊些什麼啊？」可樂問道。

「有人對這個世界很有幻想。」小鳥調侃地說。

「而且看來病得不輕。」總書記也再補一刀，附和著小鳥。

「你剛是去游泳來吧？」可樂用看智障的眼神去看著我跟還在滴水的衣服。

「你不是拿著傘的嗎？怎濕成這樣。」三萬也忍不住笑了出來。

「他那麼笨，有傘也不會用啦。」可樂直接嘲笑我，我聽到後踢了他一腳。

「是K跟阿偉耶。」總書記指著不遠處，正在走過來的K跟阿偉，同時，在另一個方向的小明也過來了。

「人齊了，我們走吧。」可樂跟三萬兩個走在前面。

我們剛離開車站，走上地面。

小鳥說：「雨好像比剛才小了。」

優優和應：「好像是呢。」

小明就說：「那不就很好嗎？快點趁雨勢小了過去啦。」

　　大家就在路途中七嘴八舌的聊著各自今天所遇到的事，直至到了目的地了以後。

　　小戴打量了一會後，指著其中一個籃球場的籃球框說：「我們把講台設在這底下好不好？」

　　「我們出入口放在哪邊？」我問道。

　　「可能入口選遠一點那個通道吧，人群就這樣繞過來，然後從這個通道走出去大街。」三萬拿著公園的平面圖，指著不同的通道說。

　　「可是人會不會在這堵著？」我指著地圖中其中一個馬路口說。

　　「可能到時候這裡要封掉，然後這裡放一些人手去把人帶到這邊，然後在這邊進去。」阿偉提出了封路的做法。

　　「如果入口在那邊的話，那參加者就站在這剛好能看到嘉賓，然後從右邊離開，不錯耶……」小戴還未說完，天空突然下起了大雨，也刮起了大風。

　　「哇哇哇，很大雨！」優優叫道。

　　「怎麼突然下那麼大雨，難道連天也不喜歡我嗎！」小明模仿著公益廣告詞噴道。

　　「操，我的傘，啊啊啊！」突如其來的大風將我的傘吹反了。

　　「別站在這啦，先進去躲一下！」小鳥急忙提醒道。

　　大家都被突如其來的大雨搞得狼狽不堪。

　　「我靠，全身都濕透了。」我一邊擦著頭。

　　「白痴，擦有屁用，能擦乾我跟你姓。」可樂調侃。

「難道好像你一樣，一整個矮水鬼這樣嗎？」我也不甘示弱。

「你他媽的說誰矮？」

「難道你這是叫做很高喔？」

「你是不是找打啊你？」他假裝拉起衣袖想要打人的樣子，然後走過來。

「你以為你胖一點就很好打啊？」我給了他一個白眼。

「沒被人打過是不是？今天哥來教教你做人？」他輕輕打了我一下然後抱著了我。

他那個滑稽的表情真的很欠揍，其他人聽著我們兩個在扯皮，就像看笑話一樣，都懶得理會我們。

「走吧，看來這個暴風雨不會那麼快停的了，反正都濕透了就不怕啦。」可樂笑著說。

讓我傻眼的是，其他人居然也同意了。你們就那麼愛淋雨？

「啊～好爽啊～」可樂就像是一個瘋子一樣在雨中奔跑著。

我看旁邊的小鳥：「他是不是有病？」

小鳥淡淡地回道：「看來病得不輕。」

我們也像瘋子一樣，在大風雨中量度著場地的大小，商量著怎麼放設備，模擬著參加者的角度。就這樣，我們在雨中渡過了不短的時間。在這個過程中，可樂都黏著三萬，我們在旁邊看著，畫面就好像一隻公狗在死皮賴臉地纏著一個女生。

　　這一夜，我們就好像找回了中學時期那青春的感覺，那麼瘋狂，就像一堆傻子一樣，無視著世間環境做著想做的事，只為認為正確的事而努力著。

緣來在街頭

　　過了沒幾天，開始了街頭的抗爭，我約了小鳥一起出去。

　　「嘿，過來我家拿一下東西。」我打電話叫小鳥過來幫忙。

　　「拿什麼啦，不是說出去嗎？」小鳥用疑惑的聲線問著。

　　「在電話裡不方便講啦，先過來就好。」

　　「那……好啦好啦，我現在過來。」

　　過了一陣子，小鳥終於過來了。

　　「我操，過來你家很累啊，你住的是什麼鬼地方。」因為我家的位置比較尷尬，過來會有點辛苦，小鳥一來到就吐槽著。

　　「別那麼多廢話，快幫忙搬東西。」我塞了一堆箱子給他。

　　「哇，你……」小鳥沒把話說完，就眼睛瞪得大大的看著我拿來的一箱箱東西，我心想這似乎又是一個覺得我形象性格跟現實不符的人吧。

　　「這很少了啦，你還沒見過什麼叫做多。」我看著被嚇到的小鳥，覺得他頓時變得很可愛。

　　這時候，他拿起一個「豬嘴」（防毒面具的俗稱）跟一個濾罐，轉來轉去的看著。

「這怎麼用的？」他一臉迷茫地看著我。

我頓時就被問到了，因為我只負責收集，也沒真正用過，然後就跟小鳥說：

「我也沒用過，怎知道啊……」

「啊你拿回來可是不會怎麼用，你拿來幹嘛？」小鳥一邊拿著防毒面具轉來轉去，然後看著我說道。

「什麼啦，有當然拿回來再算了啦。人家教我的時候好像說是這個濾罐要裝在左右兩邊，然後因為這個是6000系列，上面要放這個棉花，然後加上這個蓋子，就一套了，好像是這樣吧？」我用著極度疑惑、猶豫的語氣說著。

小鳥聽完了以後就表情怪異地說：「你還真的是奇葩。」

「我這叫做天然呆好不，哎呀試一下不就可以了啦。」

說完了以後，我就幫他戴上去，因為我也不太懂，同時也笨手笨腳的，好不容易才戴上去了。

「戴上了很難呼吸。」小鳥聽上去有點艱辛地說著。

「正常啊，只剩下那兩個小濾罐的小洞洞能夠進氣。」

「那些人到底是怎麼戴著然後還能在街上一整天的？」小鳥一臉懷疑人生地說著。

「你問我我問誰啊？」

「來來來，幫我把眼罩也戴上。」小鳥隱隱的帶著一點點興奮地說著。

我幫他戴上了以後，不知道為什麼心中會有種異樣的感覺，好像是有一點點的害怕，也帶著一點點的不安，而且也覺得好像有一點點可愛。我呆呆地看著他好久沒有動靜，他

也看著我，空氣好像在那一瞬間凝固了，亦只剩下小鳥那粗喘的呼吸聲。

「怎麼這樣的看著我？」見我一直沒說話，小鳥就率先開口問道。

「戴上去你真的好像那些『暴徒』耶，哈哈哈哈，走啦，快點拿東西出去了。」我努力的壓抑著心中異樣的感覺，然後去整理一下其他物資。

「別那麼大聲，怕人家聽不到喔？」小鳥嚴肅地向我說道。

「好啦好啦不逗你啦。」

「可是我們要拿去哪裡啊？」小鳥一邊脫下他身上的防具，一邊看著我問道。

「隨便啦，就拿過去讓人自己去拿就好了。」

我們就手忙腳亂地拿著一箱又一箱的防護物資，背包放著一支支的生理鹽水，明明都是一些保護物資跟合法的東西，可是我們卻緊張得好像是在做賊般一樣的拿下樓。生怕被人知道我們拿著這些東西。可是誰叫我們都是十分膽小的人啊。我們一下樓，就左看看，右看看。

「好緊張喔。」我小聲地說著。

「你講得好像誰不緊張似的，你一副在做壞事的樣子，怕人家不來查你耶。」小鳥也小聲地回應著，說實話我心裡面緊張得撲通撲通地跳。

我們一路走在街上，街上的行人其實就沒怎麼在意我們，畢竟搬貨的人大有人在。我們盡量保持表現正常，有說有笑地急步走過去。可能時間尚早吧，我們去到的時候還沒

有什麼衝突，人們在街頭就十分和平，很多人都是有說有笑的，有些人在換衣服，有些人剛下班，剛下課的趕過來。我們戴著口罩跟帽子，拿著一個個紙箱跟紅白藍膠袋走進人群，人們看著我們一袋二袋的走過去就對我們行了一個注目禮，這也包括那些穿著全黑衣物的兄弟姊妹。

　　我們慢慢一個的把箱子打開，人們的表情都有一絲藏不住的驚訝。因爲在這個時間點，這些護具並不普遍，都算是一些比較稀有的東西，我們讓前面的朋友幫我們派給有需要的人。這時候，我看見有一個年紀應該還很小的走過來，應該只有初中左右吧。我心中在想，到底是一個怎麼樣的社會，才會連那麼小的孩子也需要走出來……在我出神的時候，突然有人拍一下我的肩膀。

　　「你這個白痴出來幹嘛？」可樂怒衝衝地罵道，這時的他戴著一個口罩，一個灰黑色的面巾，還有背包掛著一個防毒面具。整套東西跟他那身形眞的有夠不搭。

　　「怎麼啦，我出來又有什麼問題？」被當著那麼多人看著被罵，臉子著實是掛不住了，心裡就是不爽。

　　「你走那麼前面幹嘛？一會要救你要害死多少人？」他用著半抓狂半命令的語氣說。

　　「我哪用人來救？你現在是瞧不起誰？」

　　「你給我閉嘴，退後一點。」他還是用著命令的語氣說道。

　　「你發那麼大脾氣幹嘛？」

　　他靠過來說：「你要是想幫忙就別死，你被抓了那怎辦？你快給我回去！」

　　然後可樂轉過身對我一旁的小鳥說：「幫我看好這個白痴，他死掉就很麻煩。」

　　「那我站後一點就是啦。」我不是拗不過他，只是他那暴脾氣，一會發起瘋來不知道他會做啥。

　　其他吃瓜的群眾們就在一旁靜止了，就默默看著我們在那吵來吵去，嗯，這個真好吃。

　　我們還在吵的時候，突然有聲音：

　　「在前方參與未經批准集結的市民，這是警方的警告，請你立即離開，否則警方將會以武力將你們驅散！」

　　「白痴，快滾。」可樂推著我後退，然後他自己就跑了上去。

　　同一時間，剛才還在吃瓜的群眾都極速戴上裝備，嚴陣以待。才過了不久，砰、砰、砰，槍聲此起彼落的響起。現場一片煙霧彌漫，慢慢地，東西都開始變得模糊，我打開手中僅有的一把雨傘保護著自己後退。

　　「先後退點。」小鳥大聲地叫著，同時伸出手拉著我後退。

　　突然開始有圓圓的、長長的、銀色的東西在頭頂跟身邊飛過，然後有一個類似手榴彈狀的東西落在我腳下，我頓時心中一涼，心想這未免也太……在這一瞬間我的時間彷彿靜止了，然後有濃濃的白色煙霧湧出來，原來是手擲式的催淚彈，幸好不是我所想像的手榴彈，最少不會把我炸死。

　　這是第一次我那麼近距離，而且什麼都還沒戴去面對催淚彈。擦身而過的那種感覺，是何等的震撼。我看著腳邊剛落地還沒怎麼冒煙的催淚彈，停下來伸手想要拿起來扔走，

卻被那顆催淚彈燙得手都快要熟了。

「哇哇哇，媽啊好燙，我的手。」

「你是白痴喔，直接用手拿是怎樣？」小鳥邊說邊再拉著我向後跑。

「誰知道他媽的這東西那麼燙。」我用無辜的語氣說著。

一邊跑，一邊看著一直在身邊落下的催淚彈，看著那大量的濃煙在那顆短短的圓柱體散發出來，我的腦袋也如定格了一樣，我從來沒想過自己有一天也會面對子彈橫飛的場景，我到底是在哪？這不是世界最好的城市嗎？

可不知道為什麼，我沒有什麼害怕的感覺，只是覺得那煙十分的刺鼻跟刺眼，整個氣管就猶如被火燒般一樣，然後覺得呼吸困難。我跟小鳥身上只有一些生理鹽水、一個口罩跟一把雨傘。而其他的防具都在剛才就全都給出去了。我強忍著刺眼的疼痛，跟著小鳥快速跑到一個轉角的橫街，出了催淚煙的範圍。剛一離開了濃煙的範圍，我們就咳個不停。

「操……咳咳咳……這也太……咳咳……太毒了吧。」我在吐槽著，媽啊真的好辛苦，那種不適感是全身的遍布著。眼淚不自覺的流了出來。

「張開眼，我幫你們沖一沖眼。」這時候有人走過來，拿著一瓶水狀的物體幫我們沖洗著眼睛。說實話，是有一點點幫助，可還是很辛苦。

「真的夠嗆啊！」小鳥一邊咳嗽一邊說著。

「不知道其他人怎麼了？」我目光遲疑地看著小鳥問道。

這時候幫我們洗眼的那個人開口說話了：「你們先顧好

自己吧，小心點。」

我們跟他道別了以後，我跟小鳥找了跟前排有一點距離的位置。我們很清楚如果真的走上前，其實我們只會是其他人的負累，那不如我們在後面一點就好了。

突然前面有人大喊：「有狗啊！」（狗是示威陣營對警察的稱呼），然後人群就快速向後退，等到「狗」們撤退了以後，人群就重新聚集在路上，繼續以堵路的方式來表達不滿。基本上就是不斷的重複著。直到午夜的時分，人群開始慢慢離開。

今天的活動完結了，可樂過來找我，一見面就抓住我的衣領說：「你不是說你不會出來喔？你這個死暴徒。」然後用力地打了我幾下。

「操你有病啊！那麼用力幹嘛。」

「我就是要打死你，打醒你這個白痴，讓你別走那麼前來雷人。」

「我哪前，你是不是沒睡醒？我前面還有很多人好不。」我嘟起嘴巴，鼓起臉頰，叉起手的說道。

「還頂嘴，找死是不是。」他又用力拍了我的頭一下。

「別拍啦，快要被你打到變笨。」我拿起手護著我那可憐的頭說道。

「你原本就那麼笨，沒差啦。」他用著著緊的語氣捏起我的臉說道。

由這天起，基本上每一天問大家是否平安已經是一個習慣，我們都會確認所認識的人是否安全，因為我們永遠不會知道，誰，在下一秒就會離開，或是消失掉。

 崩壞

　　7月21日，港島區有街頭抗爭活動，我跟小鳥也去了港島上環那邊，就在我們回家的時侯，突然看到新聞報道說元朗那邊有事發生。我想起早幾天的時候，有消息和片段傳出黑社會會在今天人們回家的時候襲擊人群。我打開直播，然後忍不住衝口而出：「幹，這些混蛋。」

　　我看著不同的直播有一批白衣人在元朗車站跟附近範圍。

　　「他們拿著什麼，鐵棒嗎？」小鳥看著直播畫面問道。

　　「他們見人就打，完全不理是誰耶。」我語氣有點激動地說道。

　　這時間新聞報導跟資訊頻道說很多人都報警了，可是警察卻沒有理會，甚至當區警局直接關門，更過分的是警察被拍到從現場經過然後離開，可是卻沒有理會或選擇去拯救無辜被打的市民。

　　警方非但沒有任何的作為，甚至任由黑社會任意妄為。在一個有國際地位，以法治聞名的城市，發生這種事情看似是一個玩笑，卻是那麼可悲的現實。

　　我想起紅井也會經過那邊去回家，我立刻打電話給他問道：「你現在安全不？那邊黑社會真的出來打人。」

　　紅井用著沙啞的聲線回道：「我現在會去幫忙救人，那些狗什麼也不做，難道任由黑社會亂來嗎？」聽罷，我頓時

啞口無言，本來想要勸他別出去的語句全都吞回去肚子裡，沒能說出口。過了沒多久，我想確認紅井是否仍然安全，還有想了解最新現場狀況，可是……我無論發短訊，還是打電話，都沒有任何回應，他，完全失聯了。此時此刻，我有著強烈不安的預感，亦隱隱有著悲傷的感覺，彷彿他好像是已經出事了一樣。然後到了深夜，他才找我，可是他已經被打得頭破血流。我眼眶中的淚水再也忍不住，就猶如決堤般一樣湧出，這世界到底是怎麼了？

　　這一夜，把整個社會運動推上了新層面。輿論在一瞬間炸開了鍋，警察跟黑社會合作的說法最爲大眾認同，警察的合法性跟正當性受到極大的衝擊，或是說，大部分人再也不相信警察。一個城市的執法部門淪落至此，不知道該覺得悲哀的是他們自己，還是整個城市。

　　這一夜過後，我更加努力地去尋找著更多的物資，差不多每個禮拜都到不同的地方去見不同的人，到不同地方尋找有用的裝備。目的不爲了什麼，只爲了每一個人都有保護自己的能力跟基本裝備。因爲我很清楚地知道，能保護我們自己的，只有我們自己。

　　往後的日子，基本上每一天都有街頭的活動，唉，這也太累了吧，人們每天早上要上學或是上班，晚上也要努力到凌晨，然後第二天又要一早起來，就好像一個不能擺脫的輪迴。

　　「砰！砰！啪啦！」玻璃落地的聲音不絕於耳，空氣中

隱約飄來汽油的味道。「哇，這……」我驚訝得像一個未見過世面的小孩，看著街上有一堆人在練習扔汽油彈。這天，我跟小鳥，還有一些朋友一起又到了街上想要當吃瓜的群眾，沒辦法啦總要湊湊人數，可是年紀大了，每天都這樣折騰眞的好累，但不出來又不行。

旁邊穿著短袖上衣、牛仔褲的大叔說：「現在的年輕人眞的跟我們以前很不同，我們以前總是爲了生活，專心努力去工作賺錢養家就行，現在他們卻要每天面對槍林彈雨，唉。」

一旁穿著碎花裙在喝酒的大嬸說道：「世界已經很不一樣，面對著這個政府，他們也沒辦法不出來。」

另外還有一個在一起喝酒的阿姨一邊嘆息一邊說道：「這一代的小孩也太可憐，明明就是應該好好學習，好好玩樂的年紀，如今卻……」

那大叔又說：「沒辦法啦，他們不出來，他們的未來就沒了。」

「現在的玩具都變成了防毒面具、汽油彈跟子彈，都不再是玩具車跟毛娃娃，看來我們都眞的是老了。」大嬸說道。

突然有個從地鐵站走出來的大伯，用著激動的語氣，帶著兇狠的嘴臉，指手劃腳對著所有人大聲罵道：「一堆死蟑螂，整天就是在搞破壞，整天就在那搞亂，人家不用賺錢不用生活啊？整天就在那搞搞搞！」

群眾立馬就起哄：「滾回去你的大灣區吧，那麼愛國你在這做啥……」

然而我的注意力還是很快就回到汽油彈那邊，我心想，你們也太勇武了吧……

　　下一秒突然間我懷疑了一下人生，因為我好像看到有個兄弟差點扔到自己人，那還是一個女生，她立馬大喊：「嘿，我又不是狗，你扔我幹嘛。」

　　那位男生把手放在頭上，然後不斷表示抱歉。嗯，那青澀的感覺，那個男生瘦瘦的，身高也不算高，估計那男生應該很年輕。

　　「撲通，砰！」突然我看見有一個玻璃瓶在我的腳邊不遠處爆開，然後在我的眼前，火焰隨風起舞著。然後有一個男生摸著自己的頭，然後鞠著躬的說：「Sorry, sorry。」

　　小鳥看著我無奈地笑一笑，我拉著他往後站一點點，然後我看著小鳥說了一句：「你覺得被抓回去打比較好，還是變成紅燒肉比較香？」隔壁的人聽到也笑了出來。頓時氣氛好像沒有那麼緊張。

　　我們和一些在場街坊鄰里聊天，有些臉孔比較常見的我們互相都會認出來，畢竟大家有很多合作的空間。不過這也是我第一次以這種方式去跟人交朋友，誰也不會知道對方真實的名字，交流都是用一些可以隱匿身分，隨便編寫的帳號。我們好像認識了，好像關係跟感情不錯。可是我們還是不會知道對方的真實身分。這種交友方式挺新鮮的，也多少有一點點不太習慣。

　　「他們又來了。」小鳥拍了我一下手臂。

　　「你們自己小心，最重要是人安全。」在一旁的叔叔跟阿姨看著說道。

又是煙霧彌漫的一夜，不過我好像已經慢慢習慣了。在面對那些毒氣的時候，也好像已經沒有那麼不舒服了。我們又是凌晨時間才回家，很快我就洗洗睡了。

又到了天亮的時候，新的一天又開始了。因為物資消耗速度實在太快了，我又去了新的地方去尋覓需要的東西。面罩跟濾罐在市面上已經十分短缺，我問了很多店家也都已經沒貨了，而且政府那邊也已經開始攔阻貨源進來，他們要拿貨也不容易。

剛好有人聯繫我說，有一些有心人幫我們找到我們找不到的物資。他給了我那個有心人的聯絡方式，我立馬就發短訊給那位仁兄，然後他就約了我見面。雖然地點是有點遠，可是我也沒想太多就立馬坐車趕過去。

到站後，我風風火火地下車趕往約定地點，誰知到達後，我什麼人也沒看到……心想：「這是怎麼了，把我約出來然後放我鴿子？」

我打電話給那個人，然後他才慢慢地走出來。說實話，那個人看上去好像是很害怕似的，我心想……別弄得好像在做虧心事一樣吧……疑神疑鬼，閃閃縮縮的，這也太太太明顯了吧。他把我帶進了一家餐廳，這間餐廳今天應該是休息的，所以整間餐廳是沒有人。然後畫風完全大反轉。

「這是我借別人的地方，能方便一點說話。」他微笑著地說。

「這地方真的很不錯，嗯……都沒其他人。」我不知道該怎麼接這對話。

「你們有什麼是要的？」他猝不及防地說了一句。

「什麼？」他突然殺我一個措手不及，我一臉疑惑地想是不是自己聽錯了。不是已經準備好了東西才叫我過來嗎？不是給我們裝備嗎？為什麼現在還問我們要什麼？怎麼感覺好像不太對勁？

　　「不用那麼大反應啦，就看看你們要些什麼，跟我們這邊能夠怎麼幫一下你們。」他好像被我的反應嚇到了。

　　「不好意思，我沒想到會可以要求其他東西，我以為你們有什麼就給我們這樣，因為平常其他人是這樣的。」我摸著頭報以一個尷尬的微笑，用著一個很勉強的說法打圓場。

　　「沒關係，這樣才能更好地幫助你們，你即管說就好了。」他忍不住也笑了出來。

　　我懷著奇怪的心情，想著畢竟都是人家介紹的，應該可以提要求吧？想了想，我只好硬著頭皮說：「其實很多東西也需要啊！」

　　「你給我一些例子吧，例如頭盔、面具還是什麼的？」他略為尷尬的語氣說道。

　　「那其實最主要的都是防毒面罩跟濾罐，現在這些都缺貨，不好找啊。」我一臉無奈，也有點猶豫地說著。第一次這樣交流，我的感覺還是不太習慣。

　　「除了這些還有沒有其他？」他接著問道。

　　「如果有防火手套、護甲、眼罩的話就更好。」說著說著，我鼓起勇氣，不要臉的提出更多要求。

　　「你看看這些東西對你們有沒有用。」說罷他就拿了幾個大膠袋跟箱子過來。

　　我把第一個袋子打開，心中滿是震驚，再打開第二個袋

子，我眼睛都瞪大了。

「這……」我都說不出話來。

「希望這些東西對你們有用。」

「這些很貴吧。」我有點不好意思，不太敢收下。

「這些都是一些叔叔阿姨們的心意，你幫我給那些有需要的人就好。」他溫柔地說著，就好像一個家長在擔心著自己的小孩子一樣。

「我們做不了些什麼，就只能夠做這些了。」他接著又說道。

「那已經很好了。」我被他這番說話弄得有點感動，眼眶微紅了起來，都不知道應該講些什麼。

「你們自己要小心，另外這些你幫我給那些小朋友吧，希望他們能夠平安。」他又塞了一堆東西，有護身符，有一些餐券跟優惠券，一堆亂七八糟的東西也有。

這時候我才知道，原來這座出了名冷漠，除了金錢以外什麼都沒有的城市，其實也可以有不少溫暖人心的故事。我們就聊東聊西聊了一會後，他給我的感覺是十分疼愛年輕人，也十分有愛心，跟他剛剛那個賊頭賊腦的形象反差十分大。

 # 救贖

　　因為今天剛好是我們約了開會討論遊行的日子，所以晚上我把東西都拿回去了以後，隨便吃了些東西，然後又趕快出門口去見他們。

　　「我們的遊行申請路線被拒絕，他們要我們改。」人到齊了以後三萬跟大家匯報著。

　　我們早前委託一些不相關的人去幫我們遞交那個遊行的正式申請以及跟警察一方討論，畢竟我們還是以小心為上的方式去做著。可是回來的結果卻是這樣。

　　「他們有沒有說原因是什麼？」K問道。

　　「他們說這路線太長，如果封路要封那麼一大段會影響太大……」三萬把她所理解的都跟我們解釋一遍。

　　然後三萬再說：「那我們新的起點就採用備用方案吧。」

　　因為只是起點的修訂，所以需要討論的只有講台的擺位、預算等等，其餘的基本上都大同小異。

　　三萬又說：「對了，地區宣傳那部分，我們也是時候開始去做了。」

　　「有一個專門製作文宣群組裡面有很多不同的宣傳單張，我們直接用裡面的吧？」可樂回應著三萬。

　　「我們去什麼地方打印比較好？不是每個地方也願意幫我們打印吧，現在來自北京跟香港政府的聯手打壓那麼

猛。」我提出疑問。

「這沒問題，我有朋友可以借商用打印機給我用。」可樂負責起了這個部分，然後露出十分得意的表情。嗯……就是看了就會讓人手癢癢的那種。

「那其他用品就我們住這邊的幾個負責吧。」小鳥說道。

「那就明天見囉。」我們大伙解散了以後，我跟小鳥又一起回家，一路上少不免閒聊。

回到家後，我就已經幾乎累趴了。我隨隨便便洗了個澡就直接倒在床上，媽媽在問我怎麼每次都那麼晚才回來，我就隨便編了個理由交代了就睡了。

第二天到了差不多我們約定去貼文宣的時間，我打電話給小鳥問他到哪裡。

「你到了沒啊？」

「在坐車啦，差不多了，急什麼？」

「叫司機快一點好不？我在街上自己逛來逛去好悶。」

「你白痴喔？你以為車是我的喔？」

「快點啦。」

由於小鳥還沒到，我就決定先去買工具，然後再回去接他。在買的時候，總書記打電話過來說他差不多到了，問我在哪。我就跟他說我在文具店裡買東西，然後他就先過來會合我。

「老闆，麻煩你，我要十支白膠漿、三個毛掃、十包便利貼。」

「剛下班嗎？」我看著正在走過來的總書記隨口問道。

　　「不是啊，剛跟女朋友去看婚禮用品。」他說的時候臉上盡是藏不住的幸福和甜蜜。

　　聽罷，我一臉驚訝地看著他……

　　我還是在震驚中，不過還是說：「你說真的嗎？恭喜恭喜。」

　　「但是……你要結婚了……還出來……你不怕嗎？」我帶著點遲疑的看著他，問出了這個問題。

　　「沒關係啦，我女朋友也是很開明的人。」他雖然嘴上說著沒關係，可是眼神中……卻好像不太一樣。

　　「這樣……真的值得嗎？」我猶豫地問了他這一個問題。

　　「沒有什麼值不值得的啦，很多人不也是一樣……每個人都在拼啊！」他反而很豁達地說著。

　　為了緩解尷尬，我拍了拍他的肚子一下又說：「你胖了耶，幸福肥喔。」

　　這時候老闆拿著我們需要的東西過來：「你們要的東西已經準備好了。」

　　然後他又說了一句：「我給你們打個折吧，年輕人，小心點。」

　　小幸福來得太突然，我也不知道該說什麼。

　　我們拿著東西去接小鳥，然後就跟大家會合。

　　「嘿，你們終於來了。」可樂跟三萬向我們招著手。

　　「你們還真早。」我對著他們兩個說，然後優優也來到了。

　　這時候，可樂在他的背包中拿出厚厚的單張。

　　我下意識的衝口而出：「有需要用那麼多嗎⋯⋯？」

　　他說：「我不小心就印多了一點，沒關係啦，那麼多地方要貼。」他被我這個問題問得怪尷尬的。

　　我們看著他拿出來的那個量，心想，媽啊這真的能貼完嗎？你下輩子是想要做樹？

　　「這些單張我們怎麼貼？」總書記開口問道。

　　「就分類貼吧，遊行宣傳貼左邊，有關警暴放中間，然後右邊就貼其他各個活動跟日程表吧。」

　　有了基本概念後，我們就開始張貼著各類的文宣單張。文宣單張，有包括警察濫捕、濫權、使用過度武力的傳單跟新聞照片，一些在親官方電視台不會播放的新聞跟真相，官員們的謊言或不準確的說法，催淚煙的危害，接下來不同地方所舉辦的活動跟遊行，公民在公民社會的權利跟義務等等。

　　「嘿，你黏到我的手了啦。」三萬對著可樂說。

　　「洗洗就好啦，要不我幫你洗。」可樂沒臉沒皮地回應著。

　　「不用塗那麼多膠水吧！」三萬崩潰地發著小脾氣。

　　在他們那邊在那鬥嘴跟扯皮的時候，我們這邊也開始了聊八卦的時間。

　　「你們覺得，三萬跟可樂是不是在一起了？」優優把話題打開。

　　「他們幾乎都是出雙入對，應該就算沒在一起也不會差太遠吧。」總書記補充著。

　　「傻的也看得出來啦，可樂明顯就是喜歡三萬。」優優

瞥了瞥他們，而且示意我們看過去他們那邊。

「可是三萬好像不怎麼熱情耶。」我也加把嘴進去。

「可能還沒在一起吧，但可樂那麼主動，看三萬什麼時候會心動而已。」小鳥也一起講起了八卦。

「你看看，他們兩個那麼甜蜜的在那打情罵俏，說是沒事也沒人信吧。」優優又補刀的說道。

「可憐的我還是一隻單身狗。」我嘆息地說著。

「唉，別講這些傷心事。」小鳥也嘆息著說。

「看看這個，都要結婚了。」我佻皮地指著總書記，用著奇怪的語氣說著。

「哇～恭喜啊，什麼時候搞婚宴？」優優、小鳥兩個幾乎是同一個反應。

「謝謝，婚宴還沒定啦。」總書記尷尬地回答著。

「哎喲，臉紅啦。」優優拿總書記打趣道。

「哎？你要結婚啦？我還沒婚結呢。」可樂說著，然後跟三萬也湊了過來。

「對啊，你們別這樣，我好尷尬耶。」總書記羞澀得很。對嘛，再穩重也架不住那麼多人的調侃。

我們就這樣在歡愉的氣氛下貼著那些文宣單張，然後才貼了沒多久，就有很多上了年紀的叔叔阿姨、公公婆婆看著我們所貼的文宣單張。通常啊，他們都是會先看一眼牆上的單張，然後再望一眼我們，再繼續慢慢看每一張文宣單張。彷彿對他們來說我們也是其中的展覽品。那天我們忙了一整個晚上然後才回家。同時間我約了可樂明天過來我這拿東西。

「你在哪啊？怎還沒見人？」明明已經到了我們約定好的時間，可是我沒看到他。

「我剛剛醒。」他用著剛睡醒的聲線說著。

「你他媽的現在才起床？」我頓時炸開了鍋，想拿刀去砍他。

「別吵啦，我過來很快。」

「快點啦，還要我等多久啊？」

「半個小時啦，等我一下。」

「操你媽的，每次都來晚！」

「來來來，別生氣，我現在去洗澡，先掛了。」

我在心中問候了他祖宗十八代一遍，又浪費了我寶貴的半小時。一大清早的美好心情也給他破壞了。差不多每一次約他，他也會遲到。

過了半小時，還是沒見到他，我又打電話過去。

「你到底過來沒？」

「到了，快到了，在坐車了。」

「到到到，到你媽，說好的半小時呢？」

「乖啦，別生氣啦。」

「你這個死矮子，我還真沒見過跟你一樣欠揍的人！」

最後，我等了差不多一個小時才見到那個垃圾。

「你能不能有一點點時間觀念？每次都遲到是怎樣。」

「來來來，別生氣，別生氣，昨天……」

「不用找藉口啦，我才沒興趣聽。」我直接就把他打斷了。

「來，親一個，別生氣。」然後他就衝過來想要抱著

我，做著親親的樣子，就這樣就開始了無賴模式。不知道為什麼，我心裡好像有一點點異樣的感覺。

「鬼才想跟你親，你那麼矮。」

「喂，你別太過分啊，又說我矮，我哪裡矮？」每次被人說他矮他也是會這樣，我都習慣了。

「快點搬東西啦，我家沒地方放了。」我白了他一眼，然後就把早前從老遠的地方搬回來的東西給了他。

「你這……」他看著這一批次的新東西，然後看著我沒說話。

他看了一會，然後皺起眉頭，看著我說：「你到底……」

「你別管我，總之我搞得定就好。」我其實也挺沒底氣，語帶猶豫。

「你自己小心……」他拍了我一下，欲言又止的看著我……過了幾秒他又再說：「你幫我一起搬吧，這次那麼多我一個人搬不過去。」

「搬去哪裡？」我問著他目的地。

「去我那邊的貨倉吧，你上去記得別說話。」

「那麼神祕？」

「走吧，別囉唆。」

我們叫了小貨車，然後把東西都搬過去。搬的過程中，其實我內心是十分緊張，也是很疑惑，因為哪怕上面有其他人也好，也不用不說話吧。交個朋友不就挺好的嗎？還是說，其實他有什麼東西是跟我有關但是瞞住我的？我一路懷著忐忑的心情，在車上發著呆。然後他就在那沒心沒肺地玩

電話，打遊戲，就這樣我們就一路沉默地去到目的地。

「上去吧，你記得一會有人來的時候別出聲。」他再三叮囑我別說話。

「爲什麼啊？用不用那麼緊張？」我終於忍不住開口問了。

「別問那麼多，總之不要出聲就好。」他沒有回應我的問題。

他帶我走進了一幢工廠大廈，抬著箱子跟袋子，乘著升降機上去了。

一進到房間，門口進去是一個洗手間，然後隔壁有一張床似的物體，可是堆了滿滿的雜物。有一張小小的沙發，有個冰箱，然後就是一箱箱的東西隨便的擺放著。

然後有幾個人坐在地上，有男有女，在那聊天。他們都看了我一眼，然後就沒再什麼理我了。

「放在那裡吧。」可樂示意我把東西都放在近門口的一個角落。然後他向其他人解釋說我是他的弟弟。

我走過去把東西放下，然後無意中看到有一堆酒瓶放了在地下。我好像，頓時明白了些什麼。

我放東西放好了以後就回到了可樂的身邊，然後我的注意力就放了在聊天的那幾個人身上。其中一個女生瘦瘦的，樣子看上去有點冷酷，可是她說話的風格跟她整個人看上去的形象卻完全不一樣，一聽就覺得這個人是傻的。另外有兩個看上去年紀比較大的，而且都是肉肉的胖子，胖也算了，還要是不高。你也知道嘛，胖的人如果不是特別高的話，看上去就顯得更肉。嗯……這應該是中年發福吧……我想。除了他們以外，

還有一個跟可樂差不多高的人，也是一個看上去身高跟身材感覺不是太貼合的人。我唯一的感覺就是，怎麼氣氛好像怪怪的，我上來了那麼久也沒人主動找我聊天，這也太冷漠了吧。過了沒多久可樂就帶著我離開了這個地方。

「他們是你的隊友？」才剛一下樓我就問他。

「算是吧。」他不太情願地回應著。

「什麼算是？是就是，不是就不是嘛，還有爲什麼讓我不要出聲？」我再次問他這個問題。

「別讓人知道你是誰啦，多個人知道你就多分危險。」他卻給了我一個完全意想不到的答案。

「什麼？」我不知道是我以爲自己聽錯了，還是接受不了這個奇怪的答案。

「我不想你有危險，好不好？別讓其他人知道這些都是你找回來。」

「就當是交個朋友總可以吧，剛剛這樣氣氛好奇怪耶。」

我還是理解不了這個奇怪的做法，就打個招呼也好啊，怎麼也用不著完全沒交流，不過算了，我再糾纏在這也是沒用，我就直接回家去了，然後可樂把我送走了以後又回去那個地方。

溫暖燦爛的陽光照射在我臉上，同時也把我的眼睛刺得打不開。新的一天又來臨了。我醒來第一個感想就是：媽啊，累死我了，我只想成爲一隻貓，可以整天賴在床上然後懶洋洋地過一天。可是現實是不會給我這個機會。

　　可憐的我睡了沒多少個小時又要起床去做事。我伸了伸懶腰，不情不願地起來。床的引力實在是太強大了，剛坐起來的我又倒下了。賴床賴了幾分鐘，我才慢慢滾下床，沒錯，是超懶的滾下床，連坐起來也懶。我搖搖晃晃地走過去洗手間，以半睡半醒的梳洗。梳洗完了以後，我把手機拿出來看了看最新的消息。

　　「你一會有沒有空？」我收到小鳥發給我的訊息。

　　我回了他：「有，怎麼了？」

　　他很快就回覆我：「那一會出來吧。」

　　「好吧，在你家樓下等。」我答應了他。好傢伙，看來想要休息是沒可能的了。

　　我把頭吹乾，然後穿上衣服就出門了。因為我跟小鳥家很近，所以基本上很快就到了他家樓下。

　　「過去商場吧。」

　　「哎，你也會逛商場，不符合你人設耶。」我陰陽怪氣地說著。

　　然後他一臉得瑟地說：「這是你不夠瞭解我好不？」

　　他把我領到商場，然後他去銀行櫃員機拿錢。

　　然後他把錢遞給我，我一臉茫然地看著他說：「怎麼了？」

　　他說：「拿著吧，這是我一點心意，你拿去買裝備或是幫人吧。」

　　我一時間還沒反應過來，他就把錢塞到我手裡。

　　我說：「你是有病喔，拿回去。」我把錢塞回去給他。

　　「你就當是我一點的付出啦。」他直接把我推開。

　　「嘿啊，你現在又不是很有錢，你怎麼那麼想不開！」我被他的這一波操作弄紅了眼眶，心想你怎麼那麼笨，你付出的還不夠嗎？爲什麼要做到這個地步？

　　「你就收下吧，你幫我好好去幫人就好了啊。」

　　「這樣不好啦，你已經比很多人付出多了很多，我們都住在這貧民區，環境是怎樣大家都心照不宣啦。」

　　我還是繼續勸說著他，他就是油鹽不進，怎麼說也不肯把錢拿回去。

　　「你就讓我當一次傻子吧。」他臉上有著一個釋懷的笑容。

　　「這樣……眞的……值得嗎……？」

　　「沒有什麼值不值得的啦，每個人都在努力著，我們也只是其中一部分而已。」他反而十分豁達地說著。

　　說罷他應該是爲了別再糾纏在錢的問題上，找藉口說他還有事，逃了似的就離開了。留下我一個人愣愣地站在原地，看著他那逐漸變小的背影，慢慢消失不見了。我淚水再也忍不住的流出來。到底這個社會有多麼瘋狂，才要讓不同的人都需要犧牲一切，只爲了大家那些微的未來和希望？

　　到底是我們瘋了，有錢不要，有美好的生活不過，不好好的去咖啡廳喝優雅的下午茶，非要冒著生命危險，日日夜夜的吃著那煙跟子彈，還是說這世界已經病得無可救藥？

　　我好像失去了靈魂一樣，看著這人來人往的地方，看著那五光十色的燈火，看著這個所謂世界級的城市，心中卻是道不盡的悲涼。邁著沉重的步伐，一步一步的踏上去繼續尋找物資的道路。這似乎是我唯一可以爲身邊的人所做的事。

緣分崩塌的前夜

　　我又拿了一箱東西上去可樂那倉庫，這次是一些防護眼罩。因為放在家裡實在是不太方便，那就不如大部分東西都放到那邊去，這也方便他們自己拿來用啦。這次上去只有可樂在那。其實那裡只有他跟另一個人比較多在裡面。與其說倉庫，那裡倒是更像一個拿來開派對或是聚會的地方。這次把東西拿上去，我一進門口就有一陣陣的寒風吹過來，冷得我顫抖了起來。

　　我跟可樂說：「你這裡冷氣開那麼大是在開殯房啊？」

　　「天氣哪裡熱，就開大一點啦。」

　　「也不用開那麼冷吧。」

　　我看了看那些碎布和玻璃瓶，開口問可樂：「你們不怕死喔？」我邊說邊指了指一些空瓶。

　　他說：「什麼怕不怕死，你就死，整天就在那亂說話。」

　　我白了他一眼然後說：「你信不信我這個愛國愛黨、奉公守法的良好市民去舉報你。」

　　他斜眼看了我一下，然後說：「你這也算良好市民？」然後可樂慢慢靠過來，我們兩個的距離只剩下不到五公分。我呼吸變得有點急促，幾秒後我轉身走去躺在一張打開了的沙發床上，慢慢地說：「我怎麼看也是一個和理非啊，我從來都不做犯法事的呢，除了有時候過馬路忘了看交通燈以外。」

他捉起我的手，然後指向我拿來的箱子說：「那這些是什麼？良好市民會有這些喔？還有這玻璃瓶你沒份的喔？」

　　這時我才想起他早前曾經也叫我幫他收集玻璃瓶。

　　「這些都是我給你們保護自己用的而已，我不鼓勵犯法的喔。」我牽強地說著這不合邏輯的說話，其實內心已經有點失措，不是因為那些玻璃瓶，而是可樂今天那些舉動。

　　「你繼續吹，看看有沒有人聽你在那吹牛。」可樂小聲地在我耳邊說著。

　　我在那不太軟的沙發上慢慢靠過去他的位置，然後用嘴吹氣過去。

　　「吹不是用來聽的。」我壞壞地笑著。

　　他直接把我雙手抓住，然後整個人騎在我身上。

　　「你在找死是不是？」他裝成很兇地說道，同時也有著一個有點壞的笑容。

　　他把我雙手抓得死死不讓我動，而且能夠明顯感覺得到他的手十分熱，而且他整個人把我壓得有點喘不過氣來，呼吸變得急促，喘氣聲也越來越重。

　　可樂繼續靠得更近的壓過來，然後用著挑釁的語氣，慢慢地說：「你還敢不敢這樣說話？」

　　我抬起雙腿，夾著他然後滾過來把他壓著，喘著粗氣地說：「現在誰死啊，嘿嘿。」

　　他直接把我推開然後快速的再壓上來說：「你想跟我比力氣，想太多了吧。」

　　我用力的抓住可樂的手，發現他已經滿身是汗水，因為喘不過氣來，我更加用力地抓住他的手臂，指尖在他的汗水

上滑過。

「你很重啊！什麼時候才去減肥？」我嘗試用力推開他，可是不太推得動，只爭取到喘幾口氣的時間。

「你這次死定了。」然後可樂再次把整個人都壓在我身上，用力鎖住我的雙手不讓我有任何反抗的能力。

「有沒有人跟你說要減肥？」我不斷扭動著身軀努力地掙扎著，但似乎都是徒然。

可樂把我兩隻手都放在了一起，然後用一隻手鎖住，他鬆開了另一隻手，指了指他自己的手，然後說：「我這叫做壯！」

「哪有人好像你那麼自戀的？」我趁機一腳把他頂下去，然後大口大口的喘著粗氣，我基本上是半趴在沙發上。

「什麼自戀？我讓你再說一遍。」他邊說邊起身張開雙手地走過來。

「矮胖子。」我一邊說一邊向後退。

可樂快步走到我身後，把我的雙手扣著然後騎著我，重複地說著：「你有種再說一遍！」邊說的時候還打我屁股，然後我掙扎中咬了他一口。

「你居然咬我，看來你真的想死。」說罷就更用力地壓著我。

「投降，投降。」我還是不夠他力氣大。

「叫帥哥，叫帥哥就放過你！」他得瑟的說著。

「帥你媽，你這樣叫帥？」我給他一個鄙視的眼神。

「你是在找死是不是？」

然後我們就像小孩一樣在那扭來扭去。玩累了，我們

躺在地上休息。兩個人都喘著粗氣，可樂更加是大汗淋漓。我的頭靠在他的身上，感覺到他整個人都很熱，我看著他的臉，好像有一點點莫名其妙、異樣的感覺。整個房間的溫度好像升高了不少，在幾分鐘的時間都是只有兩個人的粗喘聲，都沒有說話。我內心不知道怎麼會有個想法，如果能夠每天都這樣，平平安安，簡簡單單，可以抱在一起，感受彼此的呼吸跟體溫，那有多好呢。

「很熱啊！」他把衣服都脫光，剩下一條內褲。

「有沒有那麼熱？」我伸手過去捏著他的臉。

這時候，門突然被打開，然後有一個看上去頭髮凌亂，十分頹廢的大叔進來，然後看到我們兩個躺在一起就開口問道：「你們兩個在做啥？脫光衣服喘著大氣又出了那麼多汗。」然後配上一個意味深長的微笑。

這時候可樂坐了起來說：「搬東西搬累了躺下休息而已。」

「吹，你接著吹。」那個頹廢大叔壞笑著說道。我知道這個誤會大了。我頓時覺得整個人更加熱，尤其是臉部跟耳朵的位置。

然後大叔介紹他自己叫做黃皮，叫我可以叫他做老黃皮。我們聊了一會，雖然這個大叔看上去不修邊幅，可是他給我的感覺就是，他是一個十分熱心腸的人。

「你們還要不要一起去吃晚飯？」黃皮用著奇怪的語氣問道。

「吃啥？」可樂回他道。

「樓下那家小炒好不？」

「隨便啦。」

「那弟弟你呢？」黃皮用著異樣的眼神看著我問道。

「我很少來這邊，不知道有什麼吃，所以你們決定吧。」我有點不知所措，顫抖著地說道。但這也是我的大實話，因為我無緣無故也不會來這邊，而且這邊跟我的生活圈也有點距離。

「那就去吃小炒吧，啊，記得要穿衣服才下樓，哈哈。」

黃皮把我們帶去餐廳，要不是他帶我過去我還真的看不出來這家店是一家吃小菜的店，因為門面都是放著一些小吃，門口冰箱裡都是一些甜品跟飲品，按常理來說這怎麼看也是一家小吃為主的店。誰知道進去了以後，桌面上擺放著小菜的餐牌。這種配搭簡直讓我大開眼界。

黃皮跟可樂點了好多菜，我一聽就知道出事了，怎麼可能吃得下。可是畢竟算上第一次沉默的會面，這才是第二次跟黃皮見面。如果嚴格來說要算真正意義上的見面交流，這次才是第一次，所以我也不好意思去開口叫停。這也算了，到了上菜的時候，我看見每一碟分量都很大，我真的忍不住問了一句：「這真的吃得完嗎……」

誰知道他們異口同聲地說：「吃不完帶回去，這樣明天早餐就不用出門啦。」

我簡直聽到懷疑人生，我到底認識的都是些什麼人？這到底是有多不願意出門……換句話說到底是有多懶……

這時候黃皮問可樂：

「三萬明天早上又上來嗎？」

「對啊。」

「你們把我那裡當是什麼地方，時鐘酒店喔？」黃皮一臉不爽地瞪著他。

「沒啦，就需求大一點而已，你懂的啦，就遷就一下嘛。」說的時候還向黃皮眨了眨眼。

「那換言之我又要去酒吧啦。」黃皮臉上盡是藏不住的厭世。

聽到這對話的時候，不知道為什麼，好像我的心有點酸酸的感覺，原來他跟我說上面很多時候有人，不太方便經常上去，原來是這個意思？

「對啦弟弟，你是做什麼的？」黃皮把注意力放在我身上。

「我還在讀書啦，你呢？」

然後我們就走過了互相了解的過程，然後黃皮把他的聯絡方式留下了，然後叫我有什麼需要幫忙的話可以隨時找他。

因為第二天剛好又有遊行，我如常又跟小鳥一起去。

「你下樓了沒？我在你樓下啦。」我催促著小鳥。

「來了來了，等一下。」

我們去到了地鐵站，發現有一大堆警察穿著裝備，站在地鐵站口，然後隨機抓市民去搜身，尤其是針對年輕人。

「用不用去到這樣。」我說完看了一眼小鳥。

「你忘了他們在新聞上怎麼說了嗎？根本他們就是把年輕人全都當成暴徒了。」

「這根本就是穿著制服的流氓。」

「要不是這樣怎麼會變得神憎鬼厭。」

突然前面有一陣吵雜聲。

「他帶著防毒面具又怎樣，帶著面具又沒犯法！」

「你們就是懂得欺負市民，想抓就抓想鎖就鎖，香港還有沒有王法？」

「人家警察是維持治安，你們就只會打到人頭破血流。」

「你們的良心哪去了，還是不是人？」

「元朗白衣人拿著棍棒，你們就跟他拍肩膀，年輕人帶個面具就又抓又鎖。」

「年輕就是原罪，警黑就一家親。」

原來是前面有一個年輕人被搜到背包有防毒面具，然後被警察圍了起來，一眾市民在跟那些警察理論，叫他們放人。

因為我跟小鳥身上也有一些物品，所以我們就沒有逗留，然後快速的離去。

又是幾十萬人的遊行，歷時幾個小時後人們並沒有散去，而是聚集起來，以和平的方式堵路。大家都戴上了防護裝備，把東西都搬到馬路上，以癱瘓交通來爭取政府回應訴求跟追究警暴。到了晚上，這裡又變成了一個煙霧彌漫的戰地。人群每當放催淚煙就後退，煙散了就回來，來來回回。雖然我跟小鳥都只是來打醬油的，可是我們還是留在了這裡。

這時候有人剛好打電話給我，電話一直在褲袋裡震，我

就拉著小鳥後退一點想先聽個電話。

「你們快跑，有很多警車在過來！」電話那頭是我們的「天氣播報員」，這時候對方也剛好開始新一輪的催淚煙放題大餐，我一聞訊就拉著小鳥離開。誰知道等濃煙散去一點點的時候，看見遠一點前面的位置有幾個人被抓了，被壓在地上。我們一直後退，然後才離開了沒多久，剛才的那個區域的人就開始快速狂奔地四散，隔壁的人說那裡差點就被包圍了。

「人家叫你做皇牌黑氣石真的沒叫錯，每次你離開的地方五分鐘內必定出事。」小鳥看著我，然後無奈地搖著頭說。

我轉過身來看著小鳥，說：「我這叫做神的庇佑好不。」

我再看過去前面，想著如果剛才也有叫其他人離開，那結果會不會不一樣……

「別看了，發什麼呆，想被抓嗎你？」小鳥叫醒那個在發呆的我。

我們就這樣提早離開了那個地方，回到了我們最熟悉的街道上繼續努力著。

一夜過後，也一如既往確認著各人的安全。

過完了一整天，才睡了沒多久，轉眼間又到了第二天，大家再次聚會討論遊行申請的細節。

我們又來到借用的會議廳，又是一如既往的那些人。

「看見你們還安好，那就好了。」三萬說著。

「你跟可樂兩個還沒出事就已經很好。」優優用一個謎之笑容說道。

「你的腳怎麼了？」總書記看著優優一拐一拐的走路問道。

「昨天逛街時不小心扭到，沒什麼大問題啦。」優優摸了摸她的腳。

「你自己也要小心啦。」可樂對著優優說。

大家都笑而不語了一會，好像大家內心都明白了一些事情，只是都互相看破不說破。

「你們有沒有覺得煙的味道好像有點不太一樣？」我這時候問了一個奇怪的問題。

「怎麼了？轉職成為品煙師了？」K嘲弄著我。

「下午跟晚上的味道好像有一點點不同。」沒想到居然是總書記第一個回應著我。

「你們也越來越專業了。」小明笑著說。

「真的味道有點不一樣，濃一點耶。」我堅持就是覺得有點怪怪的。

「你是聞上癮了，要不要我拿我昨天的衣服讓你聞一下？」可樂以看白痴的眼神看著我。

「你幹嘛不洗乾淨？你有病喔。」我也像看傻子一樣的看著他。

「他媽的薰了一整天，怎麼洗也洗不乾淨，要不你來幫我洗洗看？」

「幹嘛要幫你洗？」

「嘿小鳥，緣分是不是吸煙吸太多吃壞腦了，還是被子彈打傻了？」他轉去跟小鳥說。

「你才傻，你這個矮冬瓜！」我不甘示弱地回擊。

其他人聽到了以後都忍不住笑了出來。

「好啦好啦先講回正事。」三萬跟小戴看不下去，直接把話題中斷了。

「我們的遊行申請被否決了。」三萬接著說。

「有沒有說否決的原因是什麼？」K異常冷靜地問。

「警方說因為近期有街頭暴力抗爭，所以用公眾安全為理由拒絕了。」三萬說起來也是意外地平靜。

「這根本是兩碼子的事情啊，他們憑什麼？憑什麼假定所有的遊行都是暴力？他們這些混蛋真的以為自己最大？」總書記第一個開罵。

雖然被拒絕也是意料中事，因為基本上大部分的遊行警察也不批准。可是當我聽到的那一刻內心還是有些失落感，因為好像努力了那麼久，籌備了那麼久，到頭來卻是一場空。可是，畢竟有權力的是他們，我們也沒有辦法去做些什麼。

「不過這也是能猜到的啊，反正他們都不跟規矩做事很久啦，想怎樣就怎樣，反正隨便抓人隨便打人都會有政府包庇，不批遊行申請那麼小的事又有啥問題。」K說道。

「他們就是想全世界都閉嘴，沒有人反對他們，外國沒畫面可以看。」可樂說道。

「那我們上不上訴？」優優問道。

「總得上訴吧？」小鳥說道。

「可是上訴也不一定有用的啊。」小明說道。

「是明知不會有用的啊，可是這是原則性問題。」K說道。

「對，怎麼也要上訴一下。」總書記和議。

「怎麼也不要讓他們那麼輕易就拒絕。」可樂也和議。

「那看看他們到時候開什麼條件吧。」小戴說著。

我、小鳥、可樂、三萬、小明、K跟優優一起去晚餐，我們上網隨便找了一家餐廳，確認是黃店，然後就進去坐下。我們一桌，三萬跟可樂一桌。這時候黃藍分得很開，社會上的政治立場十分明確。所以基本上可以稍微放心一點地說話。我們坐下來點餐了以後，基本上整家餐廳的人討論的話題都是圍繞著遊行，對政策的不滿，對掌權者的批評。我們不知道怎麼聊著聊著，就聊到裝備的問題。

「你們要不要登山杖？我有很多。」K突然開口就驚醒了我們所有人，我們都回瞪著K。

「我有眼罩、防火手套、防毒面具、護具等等，你們缺不缺？」見K提出了，那我也不隱瞞了，不過為免三萬知道所以我還是小聲地說而已。

「防毒面具你有沒有6800？我這邊缺很多。」小明看著我問道。

「6800太貴又太難了，我也沒多少，更何況現在有錢也買不到啦，不過我可以幫你問問其他人。」我回應著小明。

「錢不是問題，我們這邊很需要。你找到的話可以幫我買下，我再把錢給你。」

「我盡量啦，看看拿不拿得到免費的。」我說道。

就這樣，我們終於都或多或少向大家透露了一點點現在彼此做的事，可是也只是一點點而已，畢竟在這個不安全的世代，互相之間都不知道對方所做的事是對大家最好的保

障。有需要的時候就交換資源跟情報，那就已經足夠了。

　　其實這種關係眞的很奇妙，我們之間都不知道對方的眞實名字，甚至連對方電話號碼都沒有，卻又有著信任的基礎，都是爲著類近的理念而奮鬥著。好像是戰友，卻也好像是陌生人，一旦社交帳號沒了，就再也不會聯繫得上。

　　而彼此最大願望，就是大家繼續安好，希望下一次仍然可以看見那些熟悉的臉孔。不知什麼時候開始，能夠再見，在平常是那麼理所當然的事情，在這一刻可以變得如此奢侈。

　　第二天，我跟可樂一起去吃飯，我們剛坐下，拿起餐牌，侍應就走過來問我們：「你們想吃什麼？」

　　「不好意思，我們先看一看。」

　　跟他研究餐牌有什麼東西吃後，問：「你吃什麼？」

　　「我現在戒牛，看看有什麼不是牛的。」

　　「什麼，你這個食肉獸戒吃牛？你是受了什麼刺激？」還是半睡半醒的我瞪大眼睛的看著他，我還在懷疑我是不是聽錯了。

　　「因爲三萬戒吃牛啊，所以我也跟她一起戒牛啊！」他滿臉得意地說著。

　　「你是有病是不是？有需要嗎？人家又不是眞的跟你在一起。」我一臉看著傻瓜的樣子，對於他這個行爲我眞的難以理解。

　　「你管我，我就是喜歡。」一個欠揍的樣子出現在了我眼前。

「幹我屁事，我就是看到一個白痴而已。」

「你是不是喜歡上我了？」他突如其來地問出這一句，我完全反應不過來，還在半睡半醒狀態的我一瞬間尷尬癌發作了。

「哎呀，你臉紅啦。」他調侃著我說道。

「鬼才喜歡你，你以為自己是誰，你媽知不知道你那麼自戀。」太緊張了，就像在熱鍋上的螞蟻一樣，於是胡謅一通。

「我那麼帥，你喜歡上我也是正常啦。」他眼睛直勾勾的看著我。

「你真他媽的不要臉，我還沒見過有人那麼無恥。」我嘟起嘴巴地說著。

他嘴上好像沒什麼，可是他眼神開始變得猶豫起來。

然後說：「你也知道我跟三萬現在是……」

「她不也是本來就有男朋友，所以才不跟你在一起吧。」

「你看著，我一定能把她搶過來。」

「人家是要跟你在一起的話早就已經跟你在一起了。」

餐廳其他的食客聽著聽著我們之間那麼精彩而且毀三觀的對話，都把頭轉過來看著我們。

我跟可樂你眼看我眼，氣氛開始變得尷尬起來，我們之間誰也不知道該說些什麼才好，只好把話題轉移到其他部分。我們就在這個那奇怪的氛圍之下把我們的早餐草草吃完。

吃完了以後，我們就出去真正意義上的逛街。實際上就

是去補充一些衣服的，畢竟很多時候催淚煙的味道真的洗不掉，所以衣服基本上每次都要用完以後就扔掉，不能再穿。我們久不久就需要去買衣服去替換。

我們熟悉的走到店舖，然後習慣性地走到不同區域去拿起我們需要的衣服。當買完了我們需要的衣服了以後，他抓住我的手肘，拉著我走，然後說：

「等哥帶你去重新買些衣服，你都不懂配搭的，看你穿的像什麼鬼。」

「有沒有那麼差，我這叫做簡樸純真好不！」

「算了吧你，聽我說總沒錯。」

我搖了搖頭，以帶有玩味的笑容向著他說道：「你嗎，哈哈！」

「你是很久沒被揍過了是不是。」他用力掐著我的脖子，臉上擺出一副面目猙獰的樣子。

我淡淡的跟他說了一句：「算了吧，你又不是高，舉不起來的啦。」我伸起手來，用手指比劃著他整個人。

「你再說一次看看？」他輕力的打了我肚子一下。

我雙手抓住他的臉說：「死胖子。」

「我哪裡胖？我連肚腩也沒有，怎麼算胖？」

「什麼沒有？你的肚子不是平又不是腹肌耶。」我戳了戳他那微凸的肚子說道。

「你這什麼狗屁奇怪觀念？我這明明叫做正常身形。」

我們來到了買衣服的地方，走進了男裝部繞了一圈以後，他拿起了一件粉紅色而且中間有帶圖案的上衣，放在了我身上比對，然後也拿了一件白色的上衣放在我身上。

「想不到你也挺配粉紅色。」他邊說著邊來回把兩件衣服放在我身上比對，又拿來一件白灰色衣服，說：「白灰色也好像不錯。」我說道：「那當然，人可愛穿什麼都好看。」

他就像看傻子一樣的看了我一眼，然後就去試他自己的衣服。

他試完了上衣，也拿了一些襯衫過來要我穿上試試。

「真想不到你這個死暴徒穿起衣服來還挺人模人樣的。」

「你就暴徒，我絕對愛國愛黨的好不。」

「吹，你接著吹，看看有沒有人信你？」

「我那麼誠懇的樣子，怎麼看我也是在講實話。」我向著他單眼了一下，奉上一個欠揍的笑容。他聽完後給了我一個白眼。

「你穿不穿牛仔褲的？」他拿起一條牛仔褲然後看著我。

「能不能是不穿皮帶的？」

「你能不能別那麼懶？」他用手指戳了戳我的腰。

「這叫做方便好不。」在說「方便」兩個字的時候我是特別用力。

買完了衣服已經是下午三四點左右，我跟他一起拿東西上去，上去了以後他先去洗了個澡，他洗澡的時候，我打開了窗簾，靠在了窗邊看著窗外的景色。這時候夕陽照在了街道上，微弱的陽光照射在行人的身上，就好像是上天對人們最後的溫柔跟庇蔭一樣。

我打開冰箱想要拿點喝的，然後一打開就傻眼了。我看見一堆又一堆可樂在冰箱裡，愛喝可樂也不是這樣喝吧。我拿起了那一包絕無僅有的檸檬茶，慢慢喝了起來。我拿著那孤單的檸檬茶，看著那落日的餘輝慢慢消逝，再也無力支撐著那庇蔭的光芒。這……好像在預兆著什麼。

　　「把窗簾關上。」在我出神的時候，可樂用著很緊張的語氣說著。

　　我把頭轉過去，看著他包著一條白色的毛巾，我看得出神了，哪有人身高體型那麼不符合比例？這也太……

　　「看什麼看，沒看過帥哥喔？」他邊說的時候還舉起他的手，去展示他的「肌肉」。

　　我送他一個白眼，用著不屑的語氣說：「你嗎？」我看著這個不要臉的傢伙，我都快笑翻。

　　「快把窗簾拉上，別讓人家看到這裡面。」他重複了一次。

　　「誰有空看你，看上你夠醜還是夠矮？」雖然嘴上這樣說著，我還是把窗簾拉上了。

　　突然我就被他從背後抱了起來，「你再說看看我把不把你扔下去？」

　　「來啊，誰怕……」我還沒說完，然後他就用力地捏著我。

　　「啊……痛痛痛。」我把他的手推開。

　　「看你以後還敢不敢亂說話！」他一邊說，一邊抓我癢。

　　我拿起地上的枕頭打了他一下，然後就變成了枕頭跟被

子大戰。

　　玩累了，我們就躺在一起休息。房間裡十分的安靜，只剩下兩人的呼吸聲。他在玩手機，而我，就在偷偷看著他，因爲，在這個時代，誰也不會知道明天會發生什麼事，誰也不會知道明天還能不能相見。

　　「晚一點他們會上來開會，商量明天怎樣做。」過了一會後，他小聲地說著。

　　「我明天也會跟小鳥和其他人一起出去。」

　　「你能不能別出去？」他把頭轉過來看著我，過了一會接著又說：「如果你出事了誰幫我們去找東西？」

　　「我哪有那麼容易出事，我又不是站前排的。」

　　「最好別讓我在前面看見你。」他帶著點警告的語氣說著。

　　「有嘴說別人沒嘴說自己。」我不以爲意地說著。

　　「你差不多走了啦，他們差不多上來了。」

　　「搞得我好像不能見光一樣。」

　　這時候黃皮剛好回來，看著我說：

　　「哎，你也在耶，要不要一起吃晚飯，吃完飯再走。」

　　可樂說：「這不太好吧，他……」

　　誰知道黃皮打斷他說：「沒關係啦，也是自己人，反正你們都喘著大氣睡在一起了。」說罷又是一個謎樣複雜的笑容。

　　「不是你想的那樣啦。」我連忙解釋著，臉上也有點燙了。

　　「不用跟我解釋的，沒事啦，你們開心就好。」黃皮邊

說還是邊用著謎之眼神打量我們。

　　就這樣，我就跟他們吃了一頓晚飯，我們去了一家賣油麵很出名的餐廳吃飯，他們是這樣跟我說的啦，可是去到了以後他們卻全都是叫小菜吃，看得我眉頭緊皺。不是說是有名吃麵的嗎？怎麼都叫小菜？我心中有著一百萬個問號。

　　透過這頓飯，我終於知道了他們那邊的人叫什麼名字，上次上面見到的大胖子叫大塊龍，還有多了一個不高的男生叫主席，他們的名字都很奇怪，不過算了，反正大家都只是用化名而已。而且我們之間也沒有什麼在一起的活動，所以我也沒有太過在意。而因為吃飯過後他們會開明天行動的會議，所以在吃過飯了以後我就直接離開，避席了。

　　第二天一早，我就跟小鳥以及一些朋友會合，參加和平遊行，遊行完結了以後，因為我真的很累，所以我跟小鳥就早早離開回家休息。剛跟小鳥回家了以後，電話響起了，我看了看，居然是大塊龍的來電。我很好奇為什麼他會打電話來。

　　「可樂要找你救命。」我聽得一頭霧水。

　　「什麼啊？你們不是在一起嗎？怎麼了？」

　　大塊龍接著說：「我們這邊剛差點被包圍，幸好逃脫了，可是我們也走散了。他那邊被包圍了，而且他弄掉了電話。他借電話打給我叫我們救他，可是我們身上有很多東西，不能回去他那邊送頭，最後他說叫我找你然後他會在我們租的酒店等你。」可憐的我剛回到家又要出去接他。我心想，天啊，可不可以讓人休息一下啊！

　　我立馬又下樓，然後又坐車回去。才剛下樓走去車站，我就收到一個陌生電話。而因為我習慣是不聽陌生來電，所以我就把電話掛掉。我剛掛掉電話，那個電話號碼又打來，我再掛掉，然後又打來，打三次來應該不會是詐騙電話吧，所以我就聽了。然後原來是可樂那傢伙。

　　「幹嘛不聽電話？」可樂用著明顯是責怪的語氣說道。

　　「鬼才知道是你打來，你這個白痴！」我也因為真的是很累，剛回家想休息又被人叫出去而有點上火，所以我的語氣也不是很好。

　　「快點過來，我現在是借人家電話打給你。」他還是用唯我獨專的語氣命令著。

　　「在過來啦，你是有病啊，坐車不用時間嗎？」

　　「好啦你快來，我在酒店大堂等你。」

　　「你自己是不會回來啊，掉了電話而已又不是掉了錢包。」我問出了心中的問題，沒了電話不就沒了電話，又不是身上沒錢，自己去車站搭車回來就好了，叫我老遠的出去幹嘛。

　　「你來了再說啦，不講了，我要把電話還給人家了。」

　　掛掉電話了以後，我內心就直接把他祖宗十八代都罵了一遍。現在是當我工人喔？隨傳隨到喔？雖然是罵罵咧咧，可我內心還是有點焦慮不安，然後跑過去車站，生怕如果晚一點就不能再看見他。這一刻我才知道原來我是那麼在意這個傢伙。

　　才剛出車站，催淚煙的味道就撲面而來，沿途無數的彈頭留在地上，剛才應該是十分激烈吧。我極速趕到他所在的

位置，看見他像個白痴一樣地坐在大堂，我懸著的心才終於放下。我用力打了他一下，然後罵道：「怎麼那麼廢，就這樣已經差點就死掉了？」

「還好你過來了，剛剛真的嚇死我了。」看他的樣子，還真的好像驚魂未定的那樣。

「你自己是不會回來喔？要我那麼遠過來。」我一臉不爽地看著他。

「我自己一個人落單走在街上很危險啦。」

「那你就晚一點離開就行啦。」

「我哪知道他們會不會搜酒店，先別說了，我上去拿東西然後退房，你坐在這等我。」還沒等我說話，他就急步走過去升降機，上房去拿回東西。說實話，我也是第一次看見他驚慌失措的樣子。我等了很久他也還沒下來，我不禁在心裡吐槽到底是有多少東西在上面才要收拾那麼久。等了差不多半個小時，那個笨蛋才下來。然後他就去了櫃檯那邊辦退房手續。

「你怎麼搞那麼久？不是說怕人家搜酒店？」我雙眼瞪著他，如果眼神能夠殺人的話我想他已經死了很多遍。

「東西比較多嘛，需要點時間也很正常。」他說的話我根本就不信，總覺得他是有事情在隱瞞著我，不過他不說我也不好過問。

出了酒店門口，我們就好像做完賊一樣，左看右看，生怕會有警察在附近然後把我們抓回去。我們走出了大街，又再周圍看了一下，確認附近都沒有警察。我們拿起手機來看，哨兵頻道指那些警察在遠一點的地方，這時候我們才稍

微放鬆了一些。

「你看看你，好像做賊一樣賊眉賊眼，換成我是狗我也來抓你。」我看著他沒好氣地說。

「你還說這些，我差點就回不來了好不。」他輕力地打了我手臂一拳。

「誰叫你跑那麼慢，看見槍是不會退喔。」

「我怎知道他們突然衝出來，差點就反應不來。」

「我真的沒眼看你了，你要是這麼笨的話早晚都會被狗咬。」

我們回去以後吃了個晚餐，我就回去睡了。他約了我明天出來陪他去買回不同的東西。回家了以後，我躺在床上想，我為什麼會那麼緊張他。緣分啊緣分，你是在做啥？怎麼那麼想不開？你是怎啦？這世界有那麼多的人，你幹嘛就是要在意他啊？我去洗了洗澡，然後倒頭就睡了。

隔天起來了以後，我看了看時間，他媽的已經那麼晚，一看快要遲到了，我就立馬彈起來刷牙洗臉，我想打個電話給他說我會晚一點到吧。誰知道我打了幾次電話他都沒聽，我就知道這傢伙，一定是還沒睡醒。

反正他還沒睡醒，我就決定去把我的電腦打開，先玩一場遊戲再說。啊……很久都沒玩過電腦遊戲了，遊戲打開了以後，居然會有種懷念的感覺。

過了差不多一個小時的時間，我才接到他的電話說準備下來。因為我在打機，我就直接不管他，把這場打完了才說。

「怎麼你下來那麼久。」一見面他就向我抱怨著。

「你還說，每次你都睡過頭，你算是怎樣？」我反過來的狙擊著他。

　　「那根本不一樣，之前歸之前，現在歸現在。」他摸著他的頭，牽強地說著，像極了做錯事的小孩。

　　「你不是說買電話？還不快走？」我想快點買完了就回家。

　　「你可不可以先借我錢？我現在沒那麼多錢。」他小聲地說著。

　　「什麼，我還是學生耶，怎麼看我也是最窮那個。」我完全沒想到他會來這一波，皺著眉，直勾勾地看著他。

　　「最近手頭有點緊嘛。」

　　一開始我是死活不願的，可是敵不過他的軟磨爛泡，我還是把錢借了給他。

　　買完了電話以後，我們坐在了公園的大樹下聊天，突然他就問起了我的過去。

　　「我記得你說你是在內地長大的對吧？」

　　「怎麼了？」他突然這樣問我我也反應不來。

　　「沒啥，就是好奇你的過去是怎樣？」

　　「過去嗎……」我一邊回憶起小時候的生活，一邊跟他說著。

　　「我小時候家裡很窮，我跟我媽住在內地，我爸在香港工作賺錢，大約一到兩個月才回來一兩天。」

　　「那他有沒有給你們生活費？」

　　「不能說沒有吧……不過每次給我們家的生活費大概只

有九百到一千塊，這筆錢還要幫他回香港的車票，以及一堆有的沒有的手信讓他帶走。剩下的才是我們的生活費。基本上每個月可以花費的平均只有四百到五百塊左右吧。」

「什麼？那麼少夠用嗎？」聽到這個數字後，他基本上整個人是傻掉了。

「所以家裡基本上是一窮二白啊，除了基本傢俱以外什麼都沒，連電話也沒有。每次要打電話都要去街口的那家雜貨店，幾毛錢一分鐘的租電話打，我媽每次都講不到幾分鐘就會把電話掛掉。」

「生活也太難了吧。」可樂用充滿著異樣的眼神看著我，好像是帶著一絲的憐憫。

「難是難，不過還好我媽十分的疼愛我，我平常鬧著買吃的她都會買給我，可是她自己反而不願意花錢去買自己愛的東西，就好像她很愛吃魚，可是一兩個禮拜她才捨得去買一條。」說著說著，我眼眶有點紅起來，他看到後也有點不知所措。

他說了一句：「那你媽媽真的很疼你嘛，自己捨不得吃也給你吃。」

「對啊，為了這個家她也很累。」然後我繼續說著：

「後來有一天我媽變得好像不太一樣，比以前胖了很多，那時我還以為她是偷偷去買東西自己吃。誰知道原來是懷孕了。我媽跟我說的時候我開心得像個傻子，因為我終於有兄弟姊妹而不是自己一個人了。」

可樂雙手擠著我的臉說：「你是一個白痴是不是？用腦想一想就知道自私吃也不會胖那麼多吧？」

「講得你小時候好像很聰明一樣。」我用鄙視的眼神和語氣說道。

「我一直都那麼聰明。」

「洗洗睡吧你。」

「活太久了是不是？」可樂又握起他那招牌拳頭。

「現在誰嫌命長？」我也抓住他的脖子。

「好了好了，不鬧了，接著說啊你。」

「後來她肚子越來越大，行動不便，由每天出去變成了一個禮拜才出去兩三天。有次我餓得快死，我媽因為肚子太大在床上起不來，一直只叫我等，等她能下床就可以做飯給我吃了。只是，等了很久我都沒等到那頓飯。想要找人又沒電話。然後我也不知道到底是哪來的勇氣，自己一個人走去廚房，糊里糊塗地弄了一頓，爬上一個比自己還要高的煮食爐，去弄自己人生中的第一頓飯。」

「你那麼笨也沒把房子燒了？」可樂用著鄙視的眼神看著我。

「你就笨，你以為我是你喔？」我搥了他一下。

「接著說啊，整天就在那停。」他又打了我一下。

「我跟我媽說吃飯，我媽還被我嚇到，她說：『我還沒有煮飯，吃什麼飯？』然後我抱著那些我煮出來的『美食』，拿著那個很重的電飯鍋，搖著搖著的走到過去媽媽床邊，然後就在床邊吃起了我人生，第一頓煮的飯。」

「你媽沒被你毒死也算很命大。」

「這證明我是天才。」我得意地回應著。

「算了吧你，你這也算天才，那世界沒蠢人了。」

聽到他這句我就用力捏了他的手一下然後說：

「你以為我是你喔，笨蛋！」

「怎麼看我也是又帥又聰明。」他不要臉地稱讚自己。

「你嗎……早點洗洗睡吧。」

「這只是你還沒懂得欣賞我好不好，算了，層次不同，你都不明白。」

「這世界恐怕不會有人明白吧。」我斜眼看了看他。

「那你什麼時候過來讀書的？」

「過了沒多久，我媽帶著我去香港，有幾個哥哥姐姐，還有一個阿姨在呢。我媽媽看著阿姨問爸爸：『他們是誰啊？是親戚嗎？那位阿姨是你請的工人嗎？』然後爸爸淡然地說：『她就是她啊。』後來我才知道是發生什麼事，原來我媽是被騙的，他們在一起的時候我爸跟她說是已經離了婚，已經沒關係了，所以我媽才跟他在一起，誰知道……」

可樂聽完後眼睛瞪得大大的說：「你媽也太慘了吧，這樣被騙下來。」

我沒理可樂，然後繼續自顧自地說：「然後每年就只有在放暑假跟過新年的時候能夠見得到媽媽。直到後來弟弟出生了，生活中又多了一個吵鬧而且肉肉的身影。」

「那你也很慘喔，那邊的生活一定不好過吧，畢竟你是……私生子……然後還在那個家庭裡……」他欲言又止的說著，伸手摸著我的頭。

我把頭靠過去，他再說：「你真的跟那些小奶狗一樣，那麼喜歡被人摸頭，性格也是。」

「也不算是最慘的吧，我媽懷我的時候，我爸還叫我媽

把我打掉呢。」我淡淡地說了這句，好像就是在說跟自己沒關的事一樣。

「那你媽什麼時候下來的？」可樂好像聽故事聽得有點入迷。

「過了幾年吧，我媽終於拿到居留權，可以過來香港，我回到她身邊生活。到了一個新居，地方小了很多，只有一間房間的大小，只放得下一張床、一張椅子、一個冰箱跟電視，就是我現在的家啦。雖然是這樣，最少我自由了。而弟弟因爲年紀還是太小，所以就托了舅舅一家人去照顧他，每個月我跟媽媽都會回去一兩天去看他。」

「那你在這劏房（分間樓宇單位）住了多久？」可樂完全錯重點地問著。

「有十多年了吧。」

「怎麼不排公屋？」他又用一個看傻子的眼神看著我說道。

「講得好像我不想這樣，因爲掛著我爸的名字所以排不了啊，我爸那邊有一家公屋了，我叫我媽離婚，她又不願離。」

「那你搬出去以後你怎樣？」

「搬過去了以後，爸爸一個星期才會有一兩天過來，他們整天都在吵架，每次吵架的內容基本上都是圍繞著錢的話題。

「過了一段時間，弟弟也來香港讀書了。那個膽小、沒安全感又害羞的笨蛋來了以後，我的生活一整個都徹底改變了。我媽依舊每天都要上班，而我每一天放學了以後，就

立馬要趕過去學校去接他回家。很多的時候同學都揪我出去玩，可是我只能全都推掉。不過沒有什麼東西比自己的小可愛更重要啦，每次晚了去接他，整家學校只剩下他跟老師，然後他那哀怨的眼神真的呢……

「到了升中學的時間了，他也上小學了。從那時候開始，我們的環境也變了很多很多。上小學以後他能照顧自己了，而且他也算是很懂事，我的生活才回到正常。」

「所以你現在就變成了萬能俠了，什麼都懂一點。」他聽了那麼久，就給了我這麼一個評語。

「懂得多也沒用啊，反正在這社會沒良心才能賺到錢。要是懂得賣港，那麼什麼都不用懂就能賺翻了。」我用一個邪惡的樣子說著。

「你看看你，樣子有多壞，也有多淫。」可樂壞壞地看著我，好像想要吃了我一樣。

我用著奇怪的語氣說：「我從來沒說過我是乖孩子啊。」好吧，我也學會了他的不要臉。

「那你是什麼時間發現你自己是GAY的。」他突然就跳到去這個話題。

「我，要，先，此，聲，明，我，不，是，純，GAY！我是雙性戀的好不！跟你說過多少遍了！！！」我看著他頓時覺得他那樣子的欠揍指數極高。

「你還說你不是，怎麼看你也是啊。」他壞壞地淫笑著。

「你才是，要不我也來搶一下三萬，看看我贏還是你贏。」這回終於換我來嚇他了。

「你找死啊是不是，你覺得你能贏我？」他靠過來然後用力抓著我的手，這時候我們四目對視，兩個人的臉靠得很近。那氣氛變得有一點怪異。

「你好好去找一個男朋友不就好，有人看著你保護你。」他眼神有點閃躲地說著。

「我是奉行『一夫一妻制』的好不，同時有一個男朋友一個女朋友，那人生多美好。」

「你的感情觀也太……」他把手指放在頭上畫圈圈。

「你管我……哼。」我別過頭來，不想管他。

「那你是怎麼時候發現的？」他好奇地追問著我。

「中學吧，而且那時候因為我的行為舉止和聲音比較像女生，身邊圈子也比較多女同學，所以有時候也會被人說我裝GAY然後去追女生。」

「那你被歧視也很正常啊，多難聽的說話人家都說得出來，反正受罪，聽起來痛苦的都不是他們。」可樂難得說一次人話，接著卻換上欠揍的語氣：「那你現在跟以前真的很不一樣耶，居然學人當起暴徒了，回去把學校燒了或是去揍他們不就好，哈哈哈哈。」

「你才是暴徒，我怎麼看也是愛國小粉紅。」

「是喔，整天在馬路吸毒煙吸上癮的小粉紅，你要不要聽聽你在說什麼？」

「我這叫做淨化空氣好不？」

「要不要叫政府頒個獎給你？」

「最好啦，我這些良好市民不給我獎是怎樣？」

然後我問他：「那你呢？」

「什麼我？」他皺著眉地問道。

「你的過去啊，怎麼都我在說，這不公平。」我踢了他一下。

「我爸在我小時候就因為交通意外去世了。」他話語中帶著一點哀傷，然後再說：「我不想談到我爸。」

我看著可樂神情有點不太對，所以立馬轉過去問：「那你媽呢？」

可樂回說：「她就好煩了，整天都唸東唸西。」

聽後我翻他白眼地說：「哪個當媽的不是這樣？」

「可她也太煩了。」

「她現在上班做什麼？」

「賣水果。」

「你也講太少了吧。」

「回去吧，明天我們還要開會。」可樂站起來，然後伸手把我拉起，便慢慢地走回家。

「是在神祕什麼啊。」我不爽地說道，你媽的我講了那麼多你就輕輕帶過？

法治？人治？

　　一個晚上過去後，我們迎來了裁定遊行上訴的一天，我們去了旁聽聆訊。法官出身的主席主持聆訊，和其他委員裁定上訴。這是我人生之中第一次走進跟法律有關的場地。我就像一個長期活在農村，剛出來城市的小孩，看著所有的東西都覺得十分新奇，同時間也帶著一點膽怯。畢竟聆訊場所跟法官的形象一向都是莊嚴和神聖，人生第一次去到一些那麼正式、莊重的場合，說實話真是十分緊張。

　　我們的上訴是在一個其他人形容為比較小的會議廳內進行，可是那個所謂比較小的會議廳對我來說其實已經非常大。會議廳的一旁有著近百個座位，然後正中間放著一張大桌子，桌旁擺放著數張椅子。我們比較早到，所以先進去坐著。時間差不多到的時候，警察一方的幾個代表以及一眾仲裁的委員也進場了。一系列的辯論隨之開始，我們一方的律師跟警察一方就著遊行路線、警察提出的問題、解決方案一直爭論。

　　直到最後，我們這邊直接問警方有什麼建議可以幫助遊行舉行，可是對方並沒有提供任何方案或建議，只是繼續以安全理由否決我們的申請。而讓我驚訝的是，這些委員居然也同意警方的決定。而警方的理由指鑑於當時環境，遊行後發生暴力行動的風險高，還在談判的時候提出其中一個原因是步行範圍內有警察局。當聽到這個理由的時候，我們大家

都十分清楚對方根本從頭到尾都沒打算有任何商討，也沒打算尊重人民的權利以及協助遊行的舉辦。

我們一行人只好按照法例要求對外宣布遊行申請上訴失敗，遊行將不會舉辦。在這一刻，我對法律的神聖、對司法的公平公正第一次有了疑問。

籌備了那麼久，人手也已經安排好了，甚至醫護人員，能滿足對方要求的我們都已經盡量去做，卻得到這樣的結果。說是沒有不甘心是假的，只是我們也沒辦法去做些什麼。

回家了以後，我徹夜難眠。早已躺了在床上，閉上了眼睛，可是不知道為什麼，就是怎麼也睡不著。臨近天明的時候，我才睡去。

我想了又想，自己還能做些什麼？可是想了很久也想不到。然後我在一些頻道看見選舉在幾個月後就會開始，要不就幫忙選舉吧。就這樣，我就加入大毒薯那個地區的選舉，還把小鳥拉進了這個坑。在這新群組裡，每一個人白天都有工作或是在讀書，在空餘的時間做義工。這回我再跟秋野、非洲姐合作，還多了夏天等人，一起去發自製的傳單，並到街頭做社區教育。就這樣，我的生活就變成白天在幫忙選舉，晚上就在街上。

說實話我們大家都不熟悉選舉的法規跟要求，所以我們都花了很多時間去研究。哪些說話可以講，哪些是不行，什麼可以弄成單張去派，什麼是可以貼在街上，人們關注的是什麼等等，真的搞得我們頭暈眼花。

到了我們原定舉辦遊行的日子，其實也只是從上訴的那

天過了沒幾天。我跟小鳥又一起出來去吃早餐。我看著小鳥說：「不知道今天會是怎樣呢？」

「我也不知道，不過就算他禁止也好，人們還是會繼續吧。」小鳥用著叉子把香腸叉了起來，然後看了眼正在播新聞的電視。

「希望是這樣吧。」我帶著些微希冀地說著，畢竟籌備了那麼久的努力就這樣白費了，而且這地區也是我最有感情，生活了那麼多年的地區。

「別想那麼多了，晚一點就知道了。」他繼續吃著他的早餐。

「怎麼你好像都看很開似的？」我看著他看上去神態如常，就覺得有點好奇，不是應該都跟我一樣會覺得很失落的嗎？對方不講道理耶，自己做了那麼久的事就這樣被逼放棄耶。

「要不然還可以怎樣？」我聽他反問後呆呆地看著他，卻又說不出半句話來。

短暫的沉默後，他接著又說：「這就是政治。」我不太懂這句話的意思，卻沒有深究下去。

看著快要到遊行原定的時間，我跟小鳥說：「時間差不多了，不如我們走吧。」說完了我們就結帳出門。我用力地抓住小鳥的手，拉著小鳥急步走過去遊行起點那邊。我們在遠處看過去，我們看見有很多人堆在我們原定的起點裡面，而且還陸陸續續地湧進去。這一刻，我再也忍不住，淚水慢慢把我的眼眶填滿，然後一滴一滴掉下來。淚中有著感動，也是有著哀傷。看著有很多人去參與我們被逼取消了的活

動，說不感動是假的。可是看著曾經是自己有份參與籌劃的活動，現在卻不能夠成為其中一分子去參與，那種感覺，真的是⋯⋯

　　人群自發地走出了馬路上開始遊行，按照原來計劃的路線去走著。我們隔著一段距離，伴隨著遊行隊伍一起前進。走了一段路以後，有人繼續按原定的路線去走，有人走到警察局對外一段距離後，就轉為對著警察局喊口號。

　　我們看著新聞直播，看著那個原本屬於我們，但我們卻不能去到的隊頭位置，心中那種無奈真的難以言喻。

　　我默默地看著小鳥，然後小鳥也是一陣的沉默，一整個除了直播的聲音以外，就再沒有一點聲響，氣氛有點壓抑。

　　我看著小鳥說：「要不我們也走過去？那怕只是在隊伍中間也好？」

　　「還是不要吧，如果被發現的話很可能會把所有責任都推在我們身上。」小鳥語氣中亦帶著不甘和無奈。

　　看著看著，我們看見有些人走到了其他地方，我們不知道他們是故意的，還是走錯路。可事實上我們卻是什麼都做不了，我們干預不了任何事，只能夠像局外人般呆呆地看著。

　　「這種感覺真的很難受，明明是我們自己的東西⋯⋯」我淚水在眼中打轉，卻又不敢真的哭出來。因為我們仍然在街上，周圍行人也不少。

　　「或許，這就是人生中的無可奈何吧。」小鳥的聲音亦有點沙啞。

　　遊行大致完結的時候，人們開始搬著鐵馬和各種路障，

開始把馬路佔領著，又如常開展了新一天的佔路對峙。

正當我跟小鳥在一旁和其他人聊天的時候，突然後面傳來很大的動靜。

「後面怎麼了？」我看著有一堆人很激動地圍著一個人去打，疑惑地問著小鳥。

「我也不知道，過去看看吧。」小鳥走了過去，我也跟著他身後。

過到去以後，我們問一旁的人發生什麼事。他們給我們解釋說有親政府的人過來鬧事，都給參加者拍大頭照，然後有人過來把那鬧事的人修理一頓。被修理的那個人就逃走了。我走近看一看，其中一個修理那個人的就是可樂，他看見我後，向著我舉了一個勝利的手勢，然後就跑走了。只留下我一臉茫然地站在原地，同時附近的人都因為可樂剛剛的動作，而紛紛注視我。

接下來又是密布的濃煙和數之不盡的槍聲，一顆顆從天而降的催淚彈，就在這個人口密集，充滿了老人與小孩的舊社區爆開了。警察局附近一帶的民居都無一倖免。

這時候，有一個熟悉的身影出現了在我面前，應該說是他所用的裝備十分眼熟，他跑過來用力拍了我的頭一下。

「你他媽的知不知道你的手套有多硬？」我摸著我那還在疼的頭，看著那個白痴說道。

「你在這幹嘛？滾後點，被抓了我可沒錢保釋你。」可樂說的時候故意不斷拍我的頭。

我踢了他一腳，啊幹，他那護膝好硬。明明是我踢他可痛的卻是我。我抱起我的腳，雖痛得皺著眉，但仍兇巴巴地

看著他。

「走，晚點吃甜品。」可樂說完就向前跑，我順著他跑的方向就看見三萬也在警察局的外牆下。

可樂離開了以後，我就向著小鳥大喊：「操，你身上有啥？」因爲現場十分混亂，充滿著槍聲跟人們的尖叫聲，不大叫根本是不會聽得到。

小鳥說：「不就跟你一樣，昨天說我們都是帶一樣的東西出來──」這時候有顆催淚彈飛到他腳下。「幹，這內街也射那麼多，他媽的是有病嗎？」

我跟小鳥打開傘擋著向後退，然後小鳥開始發揮他的髒話天賦向著警局大罵。說實話我也是第一次看他發那麼大脾氣。他通紅的臉隱隱透著青筋，看來他真的生氣了。

「哇你好激動耶。」看著他那可愛的模樣，我忍不住掩著嘴大笑了出來。

「那他們真的很過分嘛，那麼多老人家跟小孩！」他很認真地說道。

說實話是因爲我跟小鳥其實沒有預料會發生大型衝突，也沒有打算要參與，畢竟另外一個地區還有另一些活動，我們以爲人們都會去那邊，所以我們身上只有傘跟一些生理鹽水而已。

我們把身上僅有的生理鹽水分了給在現場的其他人，叫他們幫忙一起洗眼。

然後戴著普通口罩跟用著雨傘就這樣去嘗試用水把催淚煙澆熄。街上也有一些看上去對催淚煙處理是有經驗的人也在做著跟我們一樣的事。

「幹，我這沒水了，你還有沒有？」我看著小鳥問道。

「我也沒有，那麼多怎麼會夠。」小鳥回道。我們澆了幾顆就已經沒有水了。這時候還繼續在腳下不斷爆開。

「先後退，我頂不住了。」我吸了好多催淚煙，這一刻已經受不了，不斷咳嗽。

「只有一個口罩真的搞不定。」小鳥說道。可是我看著他的臉上還是沒什麼變化，不像我那麼辛苦，看著他在漫天催淚煙雨不斷落下仍然一臉平淡，我內心只有一句說話，嗯……你真能扛。

我們快速往後退，前面只剩下都是全身裝備的抗爭者。他們有些拉著鐵馬把路擋著，有些就是在撐著傘保護著後面的人，有些就是盡可能把催淚煙撿起來弄熄或是扔回去。基本上他們都在分工合作著。

而街上的店舖一看見催淚煙的出現，就十分純熟迅速地把閘門拉上。催淚煙波及的範圍一瞬間變得十分冷清，街上也因為失去了店舖的燈火照耀而變得稍微昏暗，只剩下路燈跟店舖招牌的光在照耀著那充滿白茫茫毒氣的街道。

拉鋸了一會後，警察的增援到場，然後就出來抓人跟推進，以清空街道。

我問小鳥：「要不我們回家拿些東西？」

「也可以，反正我們現在什麼都做不了。」小鳥也跟我一起跑到我家去拿些東西。我們回去拿了不少生理鹽水或急救用品，而且拿了大量的哮喘藥，東西加起來把背包都裝滿了而且另外拿了幾個膠袋，還順便帶了一些護具回來。我們把東西都分發給了現場年輕人，畢竟年輕人資訊比較流通，

一般比較熟悉怎麼去用這些東西。這樣就每一個人都能夠幫忙。

就這樣，我們在警察跟催淚煙的陪伴之下過了一個晚上。

直到午夜散場了，可樂發訊息給我叫我們去吃甜品。

到了以後，我們看見除了可樂跟三萬，其他人大部分也在這裡。看來大家都十分重視這次不能舉辦的遊行，或是說是有感情吧。我們看著彼此，臉上都帶著點失落，同時亦有著欣慰的笑容，看來即使遊行過去了，我們並不會因而散席，畢竟大家都已經是朋友了。

 # 七月十四

今晚有一個激光燒街衣的祈福活動，叫人帶上雷射筆去燒衣，看看用雷射筆能不能把衣紙燒著，貫徹科學精神，可以說是一個把諷刺跟傳統集合在一起的活動。

我約了非洲姐、秋野、小鳥幾個人一起去參加今晚的活動。我把早上的事做好了以後，就先去了找秋野，會合後發覺時間尚早，所以我就先上去秋野家坐著。

上到秋野家以後發現原來秋野家人也在，我坐在了沙發去看電視。秋野的媽媽十分客氣，不斷問著我要不要吃些東西。在交流著的時候，我看見了電視正在播放著一個政府喉舌電視台的新聞。我頓時覺得有點尷尬，秋野看到我愣了一下，就跟我說：「別看電視在播這些，我家人都是看著這電視來罵的。」聽到了這句，我頓時被刷新了認知，原來還有這一波操作。

「今晚的激光燒衣挺有趣。」秋野媽媽說道。

「七月十四鬼節都可以有活動，現在年輕人真是很有創意。」秋野的叔叔說道。

「誰叫那些狗說街邊隨便能買的雷射筆也是攻擊性武器，可以點火跟傷人。」秋野笑著說道。

過了一會後，時間也差不多到了，我們便出門了。畢竟這是一個傳統習俗，也順便當累積功德。秋野跟我走進去專賣紙紮用品的店舖，我拿起一捆衣紙看著秋野問：「我們要

買些什麼？」

「你不是應該比我熟嗎？」秋野沒好氣地說道。

「哪有，我怕我會漏買。」

店家看見我們兩個年輕人進來，聽到我們的對話，就很熱情地走過來說：「你們是不是想要買今晚用的衣紙？」

我們連忙說是。然後店家就拿來了一套給我們，問道：「你們要多少？」

我看著秋野問道：「我們要買多少，十套夠不夠？」

店家一聽到我們要那麼多就說：「你們是幫其他人買嗎？」語氣中顯然帶著點驚訝和好奇，想法基本上都寫在臉上。

「算是吧……」我帶著點猶豫地說，我心想也沒理由說是拿去參加活動吧……

秋野在這時候說道：「你決定吧，反正也不會差太多。」

就這樣，我買了一大堆金銀衣紙，和秋野去會合比較晚過來的小鳥跟非洲姐。

活動場地已經出現人群，而有些上了年紀的人在天橋下面教著年輕一代怎樣處理金銀衣紙跟衣包，場面十分和諧。

「我第一次見到那麼多年輕人去學燒衣，以前人們一聽見，可會落荒而逃呢。」秋野感嘆地說道。

「這次比較特別嘛，不得不讚一下政府是那麼厲害，令大眾都變成這樣。」非洲姐說道。

我們看著幾個世代的人都在那個位置慢慢交流著，沒了以往的代溝，而是一同承傳傳統習俗

「換成是以往，誰會理這些有的沒有的習俗。」非洲姐又說道。

「可能因為這次是一個活動吧，來的人都有著同一個理念，較為願意去了解這種文化。」我說道。

我們把所買的東西都放到了會場那邊給大家共用，讓每個人都有去化寶的機會，也算是一點點心意。

「沒想到人會那麼多。」非洲姐這時候說道。

天橋下堆滿了很多很多人，大家都嘗試著去把金銀衣紙燒掉。

「很正常，這邊有號召，地點也方便嘛。」秋野也和應著。

在場的人以平民為主，還有很多香港內外的記者記錄著這個集政治與宗教於一身的街頭習俗活動，甚至有很多外國媒體在這裡找不同人去訪問。

「我也是第一次看見有那麼多人燒街衣。」小鳥說道。

「你們信不信，這是我人生第一次到街上去燒街衣。」非洲姐說道。

這時候可樂跟三萬走過來跟我打招呼，然後說道：「你真早耶。」優優也剛好走了過來打個招呼。

「人家比我還要早，我還沒來到他們已經開始了，本來還想說我會是最早來的那批。」我一臉無奈地嘆息。

可樂說：「你自己小心，他們一定又會放催淚彈。」可樂看著我說道，說罷三萬跟可樂就走了過去人群中，臨走前可樂還打了我頭一下，三萬看見後也笑了。

我扭過頭跟小鳥、秋野以及非洲姐說：「要不我們也燒

一點？」

「先看看能不能擠過去吧。」非洲姐看見那麼多人，臉上都寫著懷疑人生四個字。

同時間有一家媒體過來說想要做訪問，我們聽罷對視了一下，討論跟猶豫了一會後，覺得應該不會有太大問題。於是我們其中一個人就走了過去做訪問，至於其餘幾個就站在一旁等著。期間越來越多人到來一起燒衣紙，現場的氣氛變得更加熱鬧。

「那紙錢是不是印著高官頭像在上面？」非洲姐看見了以後忍不住大笑了出來，不禁感嘆現在的人真有心思。

「也太有誠意了吧。」我也看呆了。

「有沒有覺得我們帶來的紙錢有點弱。」小鳥也自嘲著。

「事實證明，傳統習俗也要跟上潮流。」我說道。

天橋下幾個化寶桶附近一帶已經水洩不通，附近街道也擠滿了，很多附近的居民也過來湊熱鬧，聊天聲此起彼落。

訪問做完後，我們過去燒衣紙。在儀式開始以前，懂得儀式的阿姨就開始教我們。她拿起各款衣紙，慢慢地說著怎樣一張一張摺疊上去，像極了一個媽媽跟一群小孩在講故事一樣。說實話換成是以往的香港，哪怕是有人願意教，也不見得會有人願意聽。

人們大喊著：「義士，收嘢喇。」（喊死去的義士們收東西）。阿姨則帶領大家進行傳統儀式。

在不遠處有人把衣紙堆在月餅罐上，嘗試用雷射筆把衣紙燃燒，可是用了很多支一起來燒都沒有什麼效果。現場有人大喊「怎麼都燒不著？」「不是說雷射筆都可以點火？」然後現場的人大喊「回水！」（退款的意思）「這樣燒，燒到後年也還沒燒著。」等等。

每當有人領頭大叫抗爭口號的前半句，四方八面的人就會接上後半句，包括附近的住宅內也會有人和應。叫得最多的是「黑警，還眼！」的口號，因為有指有人在早前的示威活動中被警察射傷眼睛。

天橋上下都有人用雷射筆照過去警察局的外牆。雷射筆的種類十分多，很多年輕人都人手一支，五光十色的光束照亮著這個黑夜。警察局看上去老舊的外牆，也因為這些光束而變得色彩繽紛，生色不少。

有一部分人在默默地燒衣紙。有些人則大喊：「冤有頭債有主，有什麼事就去找黑警。」同時他們也把溪錢撒向空中，彷彿是在呼喚那些因為這場社會運動而死去的人回來找警察報仇。

現場的人，包括我們，都按照阿姨所講的方法，一層又一層地把紙摺疊起來，然後都傳上去給前面的人把衣紙放進那個生意忙碌的化寶桶。說實話如果那個化寶桶是人的話應該會累得喊媽，甚至直接罷工回家了。

現場的記者都分成了三堆，或拍著警察局門外的參與者，或拍著燒紙錢的人，或在稍微遠一點的地方訪問。一切有條不紊地運作著。人們一直燒著紙錢拜祭著，警察局那邊有人不斷撒溪錢，有些更直接撒進去警察局。

整個祈福晚會的氣氛十分高漲和融洽。

突然間警察局那邊傳出聲音：「天橋上的人請停止用雷射筆照射警察，你們的行為可能構成襲警！」等相類似的話語，不過現在基本上是聽不太清楚，因為實在是太吵。沒一會，突然看到有警察出來把人趕離開。現場的人都立即四散。同時大家都對著他們大喊：「黑社會，黑社會……」

我看著小鳥說：「看來這世代連燒衣也已經變成是犯法了。」

「又沒堵路，又沒破壞，這也出來搞事。」秋野一臉不爽地說著。

「不就管他們叫黑社會嘛。」非洲姐鄙視地看著警察局說道。

小鳥也忍不住了：「他們做了那麼多壞事，當然怕人家燒衣啦。」

警察走上了天橋想要抓住那些用雷射筆照向警察局的人，可是橋上的人早已四散。警察隨後就退回去警察局內。人群在警察退回去後，又再一次聚集回來燒紙錢。經過警察這次的推進，非但人沒有減少，反而引來了更多的吃瓜群眾。我想……弄巧反拙形容的就是這些吧。

這時候也有人直接向著警察局前的警察上香，大喊：「收嘢喇！」引來了極大量記者拍攝那些香。

我問其他人：「我們要不要也上去上個香？」

「不要啦，那麼多記者，我們在這邊也一樣。」小鳥說道。

前面突然傳來：「一鞠躬，二鞠躬，三鞠躬，家屬，啊

不，沒家屬，要死全家的。」然後全場爆笑。

我們都快要笑翻，心中想那個說出來的人真是人才啊。接著傳來：「沒家屬謝禮，沒家屬，死全家。」

對面的警察用著強光手電筒照向記者群跟人群，藉此阻止人家拍攝。

但最少，這時候市民跟警察還能夠站在附近，站在對面馬路這樣。

警察在無緣無故的情況下突然走出去馬路中心，把馬路其中一個方向的三條行車線都堵起來。

「你們覺得他們什麼時候會開槍？」非洲姐嘲諷道。

「我覺得差不多了。」我回應著非洲姐。

「他們都這樣了，我也覺得差不多。」非洲姐說道。

「我什麼都沒有帶耶。」小鳥有點尷尬地說著。

「我們也什麼都沒有，我們早上吃完飯後回家坐了一下，聊了一會就去了買衣紙了，然後就直接過來了。」秋野向小鳥說道。

「先把口罩戴上，將就著吧。」說的時候我把口罩戴上。

過了才沒幾分鐘，警察把整條大馬路都堵了起來。大部分人都不滿他們的做法，對著他們大罵。

有人對著他們撒溪錢，也有人對著他們搖著招魂鈴進行儀式，試圖喚回公義跟泯滅了的良心。

警察舉起了藍旗，說這個集會是非法集結，要是人群再不離開就會用武力驅趕。不過都帶來反效果，進一步激起現在市民的怒火，因為這次是宗教集會，在法例上宗教集會是

不用得到警察的許可。

過了沒多久，警察開始退回去警察局內，用警察局的音響作出警告，指現場是一個非法集結，民眾再不離開就會使用武力，包括催淚煙等。其他人立刻向著他們回罵，「燒紙錢怎麼又犯法？」「燒衣紙也算非法集結？」「黑社會！」等等的聲音此起彼落。人們繼續燒紙錢，沒有半點要離去的意思。

「看來差不多了。」小鳥說道。

「就說了一定會開槍。」非洲姐說道。

「他們最喜歡就是隨便開槍啦。」一向溫和的秋野也開口了。

在聊天的時候，有一輛消防車過來，然後在參加燒衣祈福晚會的人都很有默契地讓路予那輛消防車跟消防員，大家都拍起了手用掌聲去歡迎他們，同時也在給自己人掌聲。

記者們聽到了警察警告會用催淚煙的時候，紛紛戴上了防毒面具去保護自己。

「似乎經過那麼多次被催淚煙攻擊，記者都變得專業了。」秋野感嘆道。

「現在記者都習慣帶著防毒面具，快跟戰地記者沒什麼分別。」小鳥說道。

而燒紙錢的參與者就沒有任何防護裝備，繼續在街上燒著紙錢。街上人頭湧湧，應該有幾百人甚至破千了。

在場的人倒數了起來，倒數完畢後就一起用雷射筆照向警察局的外牆，然後大喊「著火，著火，著火。」其實是在諷刺警察早前在記者會上嘗試用雷射筆把紙張點燃的行動。

「好美啊。」我忍不住讚賞著這激光中的警察局，

「你要不要進去坐一下？」這時候可樂調侃著我說，三萬也在一旁笑著。

「你自己進去吧，我就免了。」我斜眼看著可樂說道。

「如果警察自己在警察局外圍裝一些激光燈，用激光裝潢一下警察局應該感覺會好很多。」隔壁不認識的人也加入來一起來亂。

就這樣過了一會，大家繼續去燒著紙錢，繼續進行著被中斷了的祭祀儀式。燒紙錢的化寶桶火光熊熊，人們不斷輪流的向桶內放進紙錢。有人多拿來一個桶去讓大家燒紙錢。

才沒過半個小時，警察局那邊又向市民作出警告，說已經給了足夠的時間，將會使用催淚彈。現場的人聽到了以後就立馬散開，有人也戴上防毒面具。

「要來的還是會來。」我邊跑邊看著小鳥說著。

才剛說完，警察就開始開槍放著催淚煙。

街上的年輕人向著街道的住宅大喊：「快關上窗，又放毒氣了。」

「那些孤魂野鬼更慘，明明很多人燒紙錢給祂們，可是現在都變成了催淚彈。」小鳥說道。

「叫祂們去找他們報仇吧，又不是我們不燒給祂們。」非洲姐喘著氣說著。

我們向後退一條街，然後觀察著情況，原來燒紙錢的位置已經沒有市民，只剩下記者們。

大約過了幾分鐘後，我把其他人都帶到大廈內，附近的居民都紛紛打開自己大廈的大閘讓其他人去大廈避難。雖然

在大廈內，但其實在我們的位置還是能聞到一點催淚煙。

我們在大樓內透過手機新聞直播看到警察再向著沒人的街道發射催淚彈。

「他們看到了什麼？」秋野邊看邊疑惑地問道。

「誰知道，可能是一些我們看不到的東西吧。」小鳥笑了笑說道。

「要不你把直播畫面放大一點？」

「他們是不是下地了？」

「他們想做什麼，街上都已經沒人了？真見鬼了是不是？」

「是不是虧心事做太多了？」

這時候突然警察再對著沒什麼人的街道發射大量催淚煙。

「他們是不是放煙放上癮了？」

「用不著放那麼多吧。」

「應該是『好朋友們』不滿然後搞他們吧？」

眾人看著直播，七嘴八舌地當起菜鳥評論員。

「要不我們出去看看？」我看著小鳥，然後還沒等他回應就拉起了他的手出去了。

才一出去，又看見他們放催淚煙，我們向後一條街跑去，看到他們在推進過來。我們一直跑，繞過去街道的另一邊，跑到在另一條內街的街尾，突然有催淚彈落在我們附近，我們看過去，遠方有一群警員站在街的另一端，煙霧逐漸彌漫，我拉著小鳥問了他一句，「這有人嗎？整條街都沒什麼人耶。」

「你管他們，他們愛放就放，有沒有人根本沒差。」小鳥有點慍怒地說道。

一抬頭，街道上的住宅很快就把窗戶關上，我們也繼續往大街去走，從遠處看看著他們一直的推進，一直向沒有人群聚集的街道放催淚煙，放到一個以吃東西，餐廳為主的街道，市民都衝出來罵道：「你們知不知道自己在做什麼？」「回去啦。」「這裡有老有小，你們是不是有病？」「你們是不是香港人啦？」（有流傳說中國內地派人過來穿上警察制服去處理示威，而且有不少可疑的片段被媒體拍攝到。）……警察都沒有理會他們，然後繼續向著沒人的街道去警告。

「看來他們業障也很重。」小鳥說道。

「驅鬼用催淚煙行不行？」我以奇怪的表情看著小鳥說道。

前面居民跟警察的對罵聲不斷傳過來，同時間警察一方的警車聲，敲打盾牌聲也是不絕於耳。原來寂靜的街道也因為警察的到來而變得熱鬧起來，很多原來在家中的居民都下樓對警察表示不滿。

「其實他們不出來搞事根本就不會有那麼多人出來。」我對著小鳥說道。

小鳥不以為然地說：「整個政府都是這樣，該做的不做，不該做的全都去做。」頓一頓再說：「民怨就是這樣來的啦。」

這時候警察退回去車上，準備回去警察局。我們就回去原來的地方繼續去燒紙錢。可能是因為一輪的催淚煙，街上

的人都分散到了不同的路口，而總人數好像反而更多了。

「他們真厲害，好像從頭到尾都沒怎麼離開過。」我看著天橋下那些一直在燒紙錢的人，然後對小鳥說道。

這時候看見非洲姐、秋野、可樂他們也走過來。

「催淚彈味的衣紙，世間罕有耶。」可樂打趣道。

我接著他說：「限量版，拿去賣很值錢。」

「晚一點吃不吃甜品？」總書記這時候也走過來問我們。

就這樣，我們又約了晚一點一起去吃東西。

「多燒點吧，一地都是紙錢耶。」我看著小鳥說道。

小鳥對我的說話沒有什麼反應，就是默默地燒著紙錢。看著沉默的小鳥，我一時間也不知道應該說些什麼。就這樣，我們兩個就靜靜地燒著紙錢，其他在排隊跟圍觀的群眾則繼續各自聊天跟大喊。過了沒一會，人群就大喊「黑警！」「我要催淚彈！」「老天會收拾你們的！」等等的說話，我跟小鳥站到一旁看著。

雖說是早有預料，可是看見燒紙錢也需要出動催淚煙，內心還是有點異樣的感覺。

有一輛消防車駛了過來燒紙錢的天橋下，也就是我們的面前。消防員看了看沒有發生火災，就準備開車離開。現場的人都對著車上的消防員拍起手掌，大喊「唔該阿SIR。」（有勞消防員）「掂掂。」歡呼等等。消防車離開了以後，人群中就有人對著警察局大喊「黑警死老母！」「舉旗啦！」「收嘢啦阿SIR，收咗就唔使返工喇。」（警察收東西啦，收了就不用上班了）等等的語句。同樣是紀律部隊，

可是人們對於這兩個部門的態度差距也挺大的。

　　一切又回到最初的那個樣子，我們就看著一大堆記者分別拍著警察局跟燒紙錢的市民。

　　誰知道才沒過了多久，我們又聽到了警察局用擴音器的聲音。

　　我第一個反應就是扭頭，看著小鳥、秋野跟非洲姐說：「又來了。」這時候非洲姐跟秋野已經做好了往後跑的準備，人群大部分也是一樣。

　　讓我們意外的是，接下來上演的居然是一個特色對罵，而不是槍林彈雨。警方警告市民正在犯法，然後市民回應：「我哋犯咗咩法啊？」（我們犯了什麼法啊？）警察一方：「有需要嘅（的）時候我哋會用武力驅趕你哋（你們）。」再說：「你哋講粗口係冇用㗎。」（你們說髒話是沒用的。）人群跟警方互不退讓。這時候有經過的車輛用喇叭為人群打氣。市民也對警察吼道要他們停止對市民犯下人道罪，現場人聲鼎沸。突然警察一方向市民一方說：「你哋已經干犯咗非法集結，同埋襲警嘅罪行，犯法嘅人會得到懲處，警方會使用適當武力，將你哋驅散，或者拘捕你哋呢（這）班不知所謂，犯咗法嘅市民。」我們聽到這，第一時間都在想是不是我們聽錯了，也頓時覺得這個警察很可愛。因為警察平常是不會這樣說的，只會用官方語句去警告。現場的人有些在跟他們對罵，另一些就好像我們在吃瓜，有些則有條不紊地繼續燒紙錢。然後警察指責在場的人影響一般市民，可是人群則反問現在誰才真正在影響市民。

　　「他挺有趣的。」非洲姐說完後冷笑了一聲。

「總比平常那些那麼悶的人好一些。」秋野回應著。

「今天氣氛怎麼會變成這麼……我也不知道該怎麼形容。」我說道。

突然人群一同大喊：「收皮，收皮，收皮！」（算了吧你）

然後警察一方也終於對人群的說話有回應：「啱（對）啊，繼續叫啦，就叫你地自己啦，冇錯，收啦，就叫你地自己啦，收啦，你哋收啦！」該名警察幾近瘋狂地叫道，在場的氣氛一瞬間變得更加熱烈。對此突如其來的效果跟戲劇性的展開，我整個人都懵了，心裡問今天到底是怎麼了。真的是因為鬼門開所以特別一點嗎？

「他真的很搞笑耶。」非洲姐說道。

「可惜他好做不做，走去做狗。」小鳥說道。

「被罵得精神崩潰了嗎？」我聽著他那特色的話語，也頓時變得精神起來。一旁的群眾也三五成群的討論起來，似乎大家都被這位警察逗樂了。

看向遠處，開始有人在警察局外拿著噴漆寫上狗官的字樣。吵鬧了一會後，人們又靜靜的專心燒紙錢。那化寶桶除了在遍布催淚煙的時候可以休息一下以外，其餘時間都在敬業地在工作，真是最佳模範員工啊。

沒辦法啦，香港人最愛就是上班，發起罷工活動都沒人參與。那在香港的化寶桶都一樣很愛工作也很合理的。

紙錢一直燒一直燒，不過好像怎麼燒也燒不完。直到入夜，人們開始慢慢地散去。非洲姐跟秋野因為明天要上班，所以先回去了。然後我、小鳥、可樂跟三萬去了吃粗品。

「今天其實挺成功，看見街坊那參與度也很高。」三萬說道。

「我也沒想過一個燒紙錢可以讓整個區域都差不多變天。」我如此感嘆，是因為這一片區域原本是十分的親政府，可以說是親政府力量的中堅。不過從今天街上的人的反應來看，居然是中年大媽大叔罵得最狠，可以說這再也不再一樣了。

「燒紙錢這些傳統習慣是上了年紀的人最看重的，這樣搞一搞，他們不生氣就是假的。」小鳥說道，說的時候臉上有種釋懷的笑容。

「剛剛那個警察超可愛的，你們猜他會不會被上司罵很慘。」優優說道，雖是嘴上說著他很可愛，可是她那笑容分明就是一臉幸災樂禍的樣子。

這時候大家都情不自禁地笑了。

「他上熱門了，很多人都在討論他。」這時候K把某個討論區及群組的對話展示給大家看。

「不知道今天晚上『好朋友們』會不會找他們聊聊天。」優優有點邪惡地笑道。

「現在的警察真的找死，連鬼節也出來放煙。」可樂說道。

「現在他們是皇軍嘛，什麼都不用怕，想怎樣就怎樣啦，萬大事有中國政府撐腰。」小鳥說道。

除了我們以外，基本上甜品店內很多人都在熱切談論著今天晚上的事情，要不就是在批評警察和平活動也放催淚煙，在那小事化大，要不就圍繞著那個別樹一格的警察去討

論著。　整個區域都瀰漫著殘餘的催淚煙，可是大家都好像已經慢慢開始習慣了，在這個催淚煙遍布的城市下愉快地說著笑話，談論著各種事情。就好像一切如常一樣。讓人不禁去想，到底是一個怎麼樣的城市，怎樣的地方，才會變成如此樣子。

　　在一個多禮拜後，適逢串連波羅的海三國的「波羅的海之路」三十週年紀念日，有一個由民間自發的人鏈活動，藉著在這個特別的日子，仿照當年的活動，向世界展示香港人對爭取自由的意志。因為活動範圍是全香港的，所以我們都去自己最近的地點。

　　夜，小鳥剛下班，所以我就去車站接他一起走過去。

　　「走快點啦，時間快要到了。」我抓著剛下車的小鳥然後小跑著。

　　「用不著那麼急吧？還有時間啊。」小鳥雖然嘴上這樣說，可是他依然是繼續跟著我跑。

　　「算了，我沒氣了，跑不動了。」跑了兩條街後，我放慢了腳步，喘著氣說道。

　　「就是不知道你在那趕什麼，還有十到十五分鐘才開始。」小鳥已經是滿頭大汗。

　　「有幾條街那麼遠耶，遲到就不好啦。」我拿出電話看了看時間，應該來得及。

　　「媽啊你也懂得說才幾條街而已，不是幾個區，慢慢走也來得及啦。」小鳥用著吐槽的語氣說道。

　　「來來來，先擦汗，才跑那一小段路就那麼大汗。」我

拿出袋中的紙巾遞給小鳥。

「你還好意思說，你看看你，好像快要倒下來這樣。」小鳥接過紙巾擦著他臉上的汗水。

我們慢慢走到集合地，那裡已經有很多人聚集在馬路邊。可樂、三萬、總書記、優優等其他人都在那。

「你們剛剛去做啥了？怎麼小鳥整個人都是汗？」可樂問道。

「你要不問問他，不知道在急什麼，帶著我一直跑。」小鳥看著我略帶抱怨地說道。

「好啦好啦，別拿我來鞭屍。」我拍了小鳥一下。

「待會是怎樣？」總書記問道。

「好像說時間到了的時候大家就一起手牽手拉人鏈，站馬路邊的人就在車紅燈的時候就走出馬路，綠燈的時候就散開讓車過。」三萬解說道。

「要不選個近廁所一點的位置，好像比較方便。」我提出道。

他們聽見了以後都不約而同地大笑，響鬧的笑聲引來了其他人的注目。

「你有沒有那麼多洗手間要去。」可樂用力的摸著我的頭說道。

「我這叫佔據戰略位置好不好，你到底懂不懂？」我不甘示弱的說道。

「不想理你這個白痴。」可樂說道。

這時候時間到了，人們開始組成人鏈，而我們剛好是在馬路旁的那批人，所以我們要因應著交通燈。我基本上都

是跟小鳥一起，總書記就跟他的未婚妻一起，而可樂就一如既往像一塊狗皮藥膏般黏著三萬。因為交通燈轉來轉去的關係，我們要快速來回馬路跟路邊的行人道。每次來回時間跟速度都很快，身旁有人就隨便拉起手組人鏈，所以很多時候會牽著不認識的人，不論男女的手。

「我操，怎麼你們兩個的手那麼滑？」當我剛好牽到小鳥跟總書記的手的時候，我忍不住驚呼，好像一個變態一樣摸著他們的手。

「怎麼你的手那麼粗糙？你那麼斯文，不應該啊！」總書記一臉疑惑地看著我的手。

「你明明又不是做勞力活的，皮膚那麼好可是偏偏手掌那麼粗糙。」小鳥也說道。

「我怎麼知道這是做啥，明明我都那麼努力護膚。」我鼓起臉頰說道。

這次散開以後我沒有放開小鳥的手，牽著他一起回到路上也沒有放開。

「怎麼了？」小鳥問道。

「放放拉拉太麻煩，直接牽著就算了，反正待會都是牽著，而且其他人都是一直牽著的。」我說道。小鳥沒有說話。

這時候人群的目光被山上的光束跟燈光吸引著。有著白光在搖曳，然後又有很多綠色、紫色、藍色的光束不斷照向各方。

「山上有人耶！」

「獅子山燈光匯演嗎？」

「山上好像很多人。」

「他那支雷射筆火力也太高⋯⋯」

「走到上山頂也太那個了吧！」

人群都七嘴八舌地討論著由山頂發出的燈光匯演，現場熱鬧非凡。我在欣賞著的時候小鳥突然拉著我走，我反應不過來差點跌倒，因為有點失平衡所以很用力地抓住原本牽著小鳥的那隻手。

「你用不用那麼大力。」小鳥嘀咕著。

「你是我的，當然要用力抓住不讓你走。」我用壞壞的語氣說著。說實話我也不知道為什麼會這樣說，說完了以後我自己內心也有點亂。小鳥給了我一個白眼。

過了沒一會，人們開始叫著口號，同時把手機的燈都打開然後揮舞著。一瞬間，整個城市被遍地的點點燈光照耀著，彷彿在黑暗之中，仍然有著無盡的曙光。

因為這個活動都持續了幾個小時，我們幾個的關係亦因著來來回回牽了幾個小時的手和聊了那麼久，似乎變得更加親近。

罕有的是，這次因為沒有警察的干預，整個活動都是以十分和平的方式舉行和完結。

遺忘的生活

第二天，我跟秋野去了大毒薯那邊幫忙準備選舉。我們全部人都不懂，看著從來都沒見過的東西，我們唯一的反應就是……媽啊……這些都是什麼。我們兩個負責研究宣傳相關的事項，可我們都沒有弄宣傳單張的經驗，更別說會有相熟的印刷公司。我們只好上網去查看到底有那家公司可以廉價印質量比較好的單張。

「幹……也太貴了啦，沒有一家便宜的。」我雙手抓著頭說，看了很久也沒找到適合的。我已經找到不想再看，想休息一下。我看著窗外站在電線桿上的雀鳥，活力充沛地跳來跳去，真的覺得自己開始老了。

「你現在是第一次出來買東西哦？現在有什麼不貴的你講來聽聽？」秋野沒好氣地說。

「也貴得太離譜了吧！」

「其實價錢都是差不多，就隨便選一個吧。」

「嗯，哪一家方便就選哪一家吧。」

就這樣，我們極速放棄了繼續找下去的念頭，就直接敲定了離我們最近的一家印刷店。

「怎麼連海報也是每家價錢差不多，他們是一起定價的嗎？」我也是在網上搜了很多家，搜來搜去也是差不多，看得我都傻眼，我花那麼多時間就是看那一些都一模一樣的價錢，此刻我的內心是崩潰的。到底是我太孤陋寡聞，入世未

深，還是怎樣？

　　秋野淡淡地說道：「習慣習慣就好了啦，一直都是這樣，世界從來都是這麼黑暗。」聽到這句話，我有點驚訝，驚訝在怎麼好像這是很正常似的，但想了想，這其實也真的很正常啊。

　　不過既然價錢都是差不多，選一家近的就算了。

　　「去吃什麼？」秋野問道。

　　「你有沒有什麼想吃？」我一邊收拾東西一邊問道。

　　「沒有耶，要不就附近隨便找一家吃吧？」

　　好吧，我們真的很隨便，找了一家粉麵餐廳填飽肚子就算了。吃完了我們就各自歸家。

　　終於，終於，今天終於可以早一點回家。一回到家後我就躺在了床上，啊……真的太舒服啦，床啊床，我對不起你，我太久沒好好寵幸你了。我就像一坨垃圾一樣被床的引力吸住，嗯……這真的太爽啦……我可不可以再也不離開你。

　　到了晚上，媽媽過來叫醒我吃飯。我一睡就睡到夜晚，就連媽媽回來了我也不知道。我一出來，看到飯桌上滿滿都是餸菜。她知道我在家，所以買了很多很多餸菜，因為現在的我已經很少在家吃飯，一個禮拜只有一兩天在家吃飯而已。

　　她一直夾菜給我，生怕我沒飯吃的樣子。弟弟在一旁看著我的碗，連忙制止媽媽再往我碗裡夾東西，因為已經滿得盛不下了。我看著媽媽那個疼愛我的樣子，心裡很不是滋味。想了想，我好像已經很久沒有跟媽媽好好的過一天了。

所以就決定多一點陪媽媽。飯後我就跟弟弟在打久違的遊戲，原本很簡單的生活，在這一刻……卻變得那麼奢侈，如此珍貴。

剛好過兩天，是媽媽休息的日子。

我們一家，去了酒樓吃早餐，媽媽一直問我：「想吃什麼？」

我就回覆：「都是平時那些啦。」然後她就喊了很多點心。我看見她寫了很多很多，忍不住開口說道：「媽，叫那麼多怎麼吃的完？」誰知道一向很節儉的媽媽居然說沒關係，吃不完就打包。弟弟在一旁也是一臉茫然，心想媽媽是不是有病了？東西來了，媽媽卻不動筷子，讓我們先吃，基本上都是我們夾到她碗裡逼她吃她才吃。在吃的過程中她除了閒聊以外就是在罵政府，然後不斷叫我們不要出去，外面很亂的。雖說媽媽完全是不知道我在做啥，可是她應該隱約也感覺到我會有危險。可能這就是血緣吧。

說實話我自己也很糾結，看見媽媽擔心自己的那個樣子，內心其實也是酸溜溜的，因為萬一出事了，就再沒有機會一起像現在這樣坐著，一起吃飯，一起聊天。

吃完飯了以後我們就去逛街，去了商場買衣服。一向不捨得花錢的媽媽開始變得不再像以前節儉，當然這只適用在我們身上。媽媽叫我們隨便挑。雖然我現在根本不需要什麼新衣服，可是看見媽媽一片關心跟心疼的樣子，如果不買又好像有些不太好，所以就隨便挑了一件比較便宜的衣服。這次反而是我變得十分節儉，我不太想花錢，因為我自己其實也害怕，如果有哪一天有個萬一……她手上有多一點錢，最

少也不用太擔心生活上的問題吧。

　　一想到這，再看著她臉上跟手上的皺紋原來已經多了那麼多，頭上的白髮也一天比一天來得多，可是我卻不能每天都在她身旁，想到這我就不自覺地紅了眼眶，也不知道爲什麼今天好像特別傷感。我說我要去洗手間就暫時離開一下。進了洗手間，我的眼淚就開始決堤了，眼眶再也承載不了那麼大量的淚水，淚水不斷不斷地落下。我哭了一會，然後把眼睛擦乾，過了一會才回去。

　　買完了衣服後，我想了想家裡有什麼是缺的，好像家裡缺一些廚房用品，然後就跟他們去逛家品店。

　　今天，我沒有出去參加任何活動，就這樣，把時間都留給了家人。我決定了，每個禮拜，最少也要有一天是家庭日。

　　然後我又繼續我一邊幫忙選舉，一邊募集物資的生活。不過，這次我沒有再把家人忘掉了。

　　過了沒幾天，我又跟可樂出去進貨了。

　　「你他媽說好的不再遲到去了哪裡？你有哪一次做得到？」我又一次有問候他祖宗十八代的衝動。每次都說不再遲到，沒有下次，可是每次都是那個「沒有」的下次。

　　「很快很快，在坐車了啦，別生氣嘛。」他使用了他的「殺手鐧」，奶聲奶氣地說著。

　　「再不快一點就咬死你。」說實話我給他逗樂了，火氣也真的消減了很多。等了一會後，他終於都到了。

　　「你整天都在遲到，能不能就學會準時？」我一臉哀怨

地看著他。

可是他卻毫不在意地說：「別講些不好的，快走啦。」
然後就嬉皮笑臉地推著我走。

「再有下次你死定了。」我一邊說著，一邊雙手抓住他
的脖子搖了搖。

他隨意地回：「行啦行啦。」雖說他是在跟我說話，可
他的目光還是向著我們那家熟悉的店舖。他像個小孩一樣邊
走邊跳地進去，興奮、帶點激動地說：「買東西，YA！」我
看著他只感到無語。

「挖操，怎麼都沒貨？」可樂看著那個空空的貨架，眼
睛瞪得快要掉出來。我看了看貨架，基本上是所有黑色的衣
物都已經沒有貨，我也覺得有點奇怪。我們再去看看冰袖，
也是售罄。去看鞋子的區域，便宜的黑色跑鞋也全都沒有。
至於同款但是不同顏色的都有貨。

我問可樂：「你有沒有留意到都只有黑色的全都沒
有？」

他也不明所以地說：「可能真的沒貨吧，如果有的話沒
理由有錢也不賺。」

因為黑色的都沒貨了，其他顏色對我們來說也是沒什麼
用，所以最後我們什麼都沒買到。

「想不想看些特別的東西？」可樂說道。

「什麼？」我皺了皺眉頭地說著。

「你來就知道了。」他邊說邊壞笑著。嗯……是經常拐
騙小孩的那種。

「你看看你那個淫賤的樣子，真想揍你。」

他張開雙手，身體微微後傾地說：「你怎會覺得我是這樣的人？你看我，哪部分像是這種人？」

「前看後看左看右看上看下看，怎麼看你也不見得是個好人。」我斜著眼，一臉不屑地看著他說道。

他跑到我背後把我抱著，用力地抬起我，然後在我耳邊小聲地說：「讓你再說一遍，你嫌活太久了是不是？」

「你幹什麼，快放我下來！」我輕力地拍著他，然後緊抱著他，不是為了什麼，純粹就是怕他什麼時候不夠力然後就把我掉在地上。我看了看周圍，哎，店裡其他人的視線怎麼好像都在我們這邊。

「白痴放我下來。」這時候的我尷尬得真想找個洞躲進去就算了。

「投降沒，投降就放過你。」他臉上浮現得瑟的笑容。

「投你妹。」我才不要讓他得逞。然後他就開始撓我。

「好啦好啦我投降，投降啦。」我笑得上氣不接下氣地講，沒辦法我真的很怕癢。

這時候我看見店舖角落裡的店員……看見兩個男生在……然後一副吃瓜吃得很開心，滿臉奇異笑容……啊……瞬間社會性死亡。

「你怎麼臉那麼紅？又不是第一次被我抱著，害羞什麼？」可樂不明所以地看著我，我示意他看看周圍的人。

他抬頭看了一下，空氣一瞬間凝固了，時間也靜止了。在充滿尷尬的氛圍下，我們逃命似的離開了店舖。

回到吵鬧的街上，我們兩個都沒有講話。可是我就是心亂如麻，還在回想著剛才那個大型社死的場面，真的太太太

丟人了！一想起那個畫面，真想找個沒有人的地方鑽進去，但同時其實有一點點興奮，被當眾抱起來的感覺也太特別了吧，如果再來一次的話……

可樂突然超用力拉我的手，我頓時失去了重心撞在他懷裡。

「你白痴啊，想死也不是這樣吧，要自殺你就去找個黑警一起。」他氣沖沖地說道。

同步的有一輛大貨車在我面前輕過，我看呆了，哎，我什麼時候走到馬路邊了？

「對不起啦，剛剛想東西想的太入神了。」我帶點歉意地說著。

「站好啦，想佔便宜啊你。」我這才意識到我還被他抱著。再看了看，啊……又是一個大型社死的現場，周圍的人也來了個注目禮。我以後也不來這區啦……啊啊啊……也太丟臉啦。

「我們吃些什麼？」我裝作若無其事地說著，可是內心已經是撲通，撲通地跳，尷尬癌都發作了。

「隨便啦，反正你請。」他洋洋得意地說道。

我呆了一下，然後說：「什麼時候變成是我請吃飯了？」

他一整個鄙視的樣子說：「誰叫你今天那麼笨。」我還沒有說話的機會，他就推著我說：「走吧。」

「操，這也行？」「要不呢？」「那吃什麼啦。」「吃米線好不好？」就這樣，我就被坑了一頓飯。

吃飽了以後，可樂就帶著我去他所說要「讓我見識一

下」的地方。我們一路走離開鬧市，去到稍微偏僻的地方。這邊人煙比較少，也因為已經是晚上，街道上的車輛也是不多。可樂領著我進去一幢大廈裡面。

「到了。」進門口的同時他說著。

我看見主席在這裡，像是在弄手工還是什麼的。然後看進去，這裡地方雖然不算很大，可是擺放的東西很多，就像是一個小型辦公室的樣子。主席手上拿著一個像是丫叉的東西，地上也放滿了金屬板。我看著這些東西都不明所以，然後迷茫地看著可樂。可樂似乎感覺到我疑惑的樣子，然後就說：「你等一下就知道了，他在做測試。」

可樂也走過去主席那邊拿了一個丫叉，亦拿了不同而且看上去比較特別的橡皮筋。

「去後樓梯吧。」主席向著可樂說道，然後可樂就帶著我一起走過去後樓梯。主席把金屬板放在了樓梯間，然後我們就往上走一個樓梯。主席跟可樂人手拿著一個丫叉，然後主席拿出了一袋圓圓的，咖啡色的東西，我看得一臉問號。「這是泥彈。」主席跟我解釋說，這讓我更加懷疑人生。如果是要試丫叉的威力那不是應該用一些更好的彈珠嗎，怎麼用泥彈射鋼板？我對這世界的認知是否真的有那麼大落差呢？

我沒有再選擇沉默，然後直接問可樂：「為什麼是用泥彈？」

「想看看顏料彈能不能射得比較遠嘛，可以的話就晚點射漆彈。」可樂回應著我說道。

他們把一顆泥彈放在丫叉的橡皮筋上然後用力拉起來，

接著放手。泥彈撞到金屬板後就立刻碎掉。

「好像不太夠力！」可樂看著主席說道。

「再多試幾個。」然後主席拿起不同的橡皮筋換上去丫叉上然後繼續試著。

「啪，啪，啪。」一顆顆的泥彈不斷的撞向金屬板上，可是他們兩個的樣子好像不太滿意。然後主席拿出一大袋鋼珠，我一看就心想：「你不是認真的吧，在這裡試？」

我看著地上那塊鋼板，再去看看他們身上什麼防護裝備都沒有，穿著短衣短褲就在這試驗，我心中想著：「你們是認真的嗎？如果鋼珠反彈過來的話，我們豈不是會被爆頭了？這也算了，彈到眼的話怎辦？」接著我的內心就上演了各式各樣的小劇場，連去哪間醫院，見到醫生該怎麼解釋的說法等等都想好了。

「你們要不要先拿個眼罩？」在主席想要開始射彈珠前，我抓住可樂的手然後問道。

主席聽見後向我回答說：「不用那麼麻煩啦，沒事的。」然後我看了看可樂。

可樂也說：「沒事啦，這些小事用不著要帶眼罩。」

我心裡罵了一百萬次白痴。我因為害怕，所以躲在了樓梯間的轉角位，站在剛好可以勉強看到的間隙位置。

「你用不著吧？」可樂看著我躲得遠遠的，就嘲笑著說道。

「我還沒想死，也還沒想變盲好不，待會彈到頭或眼那怎麼辦？」我雙手抓在可樂的肩膀上，躲在他身後。

可樂沒好氣地說：「那麼怕死你學什麼人做暴徒？」

「你才是暴徒，怎麼看我也是愛國愛黨的一個和理非。」我邊說邊用力捏他。

「呵呵，你嗎？」可樂又是用一個鄙視的眼神看著那麼可愛的我。

主席在一旁看著我們兩個在那搞事，索性無視我們然後開始了他的測試。主席拿著一顆顆珍珠大小，會反光的鋼珠，放在了丫叉的橡皮筋上，然後用力拉起，再放手。

「啵！」一聲，鋼珠打在了鋼板上，同時間鋼珠反彈的力度也很猛，嚇得我都躲得更進去。看見我的反應，可樂認不住笑了出來說：「子彈你不怕可是你怕彈珠，你腦子是不是有問題。」

「這怎麼一樣，平時的是控制不了，現在你這叫做自殺好不。」我一邊說一邊縮著。

主席沒管我們，還是在那默默的試著。這時候貪玩的可樂終於也忍不住了，也走過去一起試橡皮筋。密集的「啵，啵，啵」聲不絕於耳，他們差不多玩了半個小時然後才選好了橡皮筋。作為看客的我替鋼板覺得好疼，一直被射，上面都有凹痕了。

主席跟可樂都累了，然後就把東西收拾好回到倉庫那邊。

我直接就問：「你們都已經有汽油彈，還要丫叉來幹嘛？」

可樂回道：「這個方便拿出去嘛，一袋珠子才多大，汽油彈幾個就已經塞滿背包了。」

剛好我好奇地走進去倉庫比較裡面的部分，看了看倉庫

內的工具，嗯……好了我還是別問是用來做啥的比較好。有時候知道太多不一定是一件好事。我們隨後就去了吃飯然後回家了。

　　時間來到了八月底，差不多到了開學的時間，輿論上也比較多講法是開學了以後，抗爭相關的活動就會相對平靜下來。今天是開學前最後的大規模抗爭活動，也是中國人大代表會議作出香港小圈子特首選舉決定的五週年。有團體申請在今天舉辦遊行，可惜也是被政權禁止。不過市民經過那麼久時間都認清政權的真面目，所以都已經變成了不再理會禁不禁止，反不反對，都一樣出來繼續遊行，小鳥跟我也是一樣。

　　「我想買點東西，肚子餓。」我可憐兮兮地看著小鳥，這時候我們大約在遊行路線的中間，還有一半距離才到原訂的終點。

　　「你有沒有那麼早就肚子餓，才吃早餐沒多久了呢！」小鳥像看著怪物一樣的眼神看著我。

　　我拉起他的手，用著撒嬌的語氣跟小鳥說：「來吧，寶寶要吃東西，寶寶要喝水水。」然後就哇哇哇地裝起哭來，小鳥直接被我這一波操作整無語了。

　　「好啦好啦，去買啦。」小鳥無奈地說道。我們去買了珍珠奶茶跟雞蛋仔邊走邊吃，也多買了些飲料放在背包，免得一會又沒水喝就很尷尬。看著我這個吃貨，小鳥也不知道該說些什麼。就這樣我們就把整個遊行走完了，接著就回到去九龍的街頭抗爭。我們兩人在街上又遇到很多熟悉的臉孔在四方八面不同的馬路上，我們選了一條馬路，坐在馬路中

間的石壆聊天。這時候其實整個區域的大街都被人群堵了起來了。聊天的時候突然有幾個人拿著一桶桶的烤雞跟炸雞過來讓街上每個人都拿來吃，然後拿著大量飲料分派給現場的人。現場的人都開始吃了起來，氣氛一整個變得輕鬆起來。

「現在連補給兵都有了嗎？」小鳥拿著炸雞腿，眼睛瞪得大大地說道。

「真的想不到，居然大媽補給團也出現了。」我說道。

「還是熱的呢！」小鳥邊吃邊講。我也吃起來了，才咬了兩三口就吃完了。

這時候小鳥問道：「垃圾桶在哪？」

「我也沒看到。」我也在找垃圾桶。我們四處周圍走，在不同的路邊尋找著垃圾桶的蹤影。這時候我突然想起，啊不，垃圾桶？找什麼垃圾桶，垃圾桶不就好好的在馬路上躺平？哪裡還會有垃圾桶可以用？

我跟小鳥說：「垃圾桶全都罷工了。」

這時候小鳥也開始意識到不對勁。我們看了看前方馬路中間正在躺平的垃圾桶，互相看著大家笑了出來。旁邊其他人聽見我們的對話也忍不住暗笑。嗯，我簡直就是天生的氣氛調和者。

「黑旗，黑旗！」前方的人大喊，現場的人全都站起來了，有裝備的戴上裝備，沒裝備的都稍微後退。然後就開始了子彈放題，一波又一波，漫天煙球不停的墜落，傘陣也隨之而打開。前方有人開始往警察局外扔汽油彈，後一點有人不斷地撿起催淚彈把它們弄熄滅。大家都十分熟練，一切有條不紊地進行著。有人大叫：「有狗在大閘準備出來，有

豬籠（警察一款運員車的俗稱）也駛過來，大家要做好準備。」一聽就是哨兵那邊看到不對勁然後叫人們撤退。

「等我看一下哨兵頻道。」我跟小鳥說，我還沒看完就突然前方都向後跑，我他媽的還看個屁，立馬就跟小鳥一起跑。

我們一直走進內街，跟警察推進的範圍保持一定距離，遠看過去有幾個人逃不了被抓了，可是我們也無能為力。對方退回去了以後，我們又回到原來的位置。比較倒霉的是這次我這邊是被重點關注的範圍。

突然我頭頂上方的位置突然就有一聲爆開的聲音，我被嚇到了，因為這次沒有看到子彈飛過來，意味著這不是平常的催淚彈。

「你沒事吧？」周邊的人都看過來問道。

「沒事沒事，頭還在。」我一邊走開原來的位置一邊向人群回應道。

剛才的位置散發出一些刺鼻的味道，隱約看到一些粉末狀的東西。

「應該是胡椒球槍。」身邊有人說道。話音還沒落下，就迎來了新一波的催淚彈雨。「伏！伏！伏！砰！砰！」子彈落在雨傘上、地上和店舖鐵閘的聲音不絕於耳，不過大家都沒有後退，就在那擋著一波又一波的催淚彈。那無數的催淚彈幫街道披上了一件白濛濛的衣裳。沒戴面罩的人們都被那美麗的煙感動得「痛哭流淚」，只是順便把咳嗽也送上而已。

我看著小鳥說：「你覺得傘還能擋多久？」

「誰知道，不過應該還好吧？我們都買鋼骨的傘呢。」小鳥回道。

「港島那邊出了水炮車。」我把剛剛在頻道上的資訊告訴了小鳥。

「那難怪這次人都不退，看來大家都是想在這邊把狗都引過來，減輕在港島的壓力。」小鳥回道。

我突然記起了早幾天我才把一些裝備給了可樂，然後他跟我說今天他們會在港島。接著我跟小鳥說：「好像可樂跟三萬也在水炮車那邊。」

這時候有人被其他人攙扶著，一拐一拐地在我們身邊走過。那位仁兄可能見到我們都對他進行注目禮，然後尷尬地笑著說：「被橡膠子彈打到腿而已，沒事沒事。」

一會後，又有聲音傳來警察準備包圍我們，所以大家都又後退，然後四散。

我跟小鳥退到旺角太子一帶，到了相對安全的地方以後，我伸手捏著小鳥的肚子，然後說：「我肚子餓了。」

小鳥幾近崩潰地說：「又餓了？你胃口有沒有那麼大。」

「我也不知道，今天就是特別容易餓。」

趁著這個休息的空檔，我打電話給可樂：「你在哪？」

「我？我在不知道哪裡的天橋上，前面看著水炮車，哎不講了，晚點再打給你。」可樂才講了一兩句就把電話掛掉。

「怎麼了？」小鳥問道。

「他說他在水炮車前面。」

　　小鳥一臉驚訝，然後說：「在水炮車前也能聽電話那麼厲害？」

　　我想了想說：「應該是在對峙狀態吧，剛聽上去也不像在打。」

　　我們吃了點東西後就回去，然後出去大街上，那裡也是很多很多人，然後過了沒多久，現場的人就勸說其他人遠離地鐵站，然後有人解釋原因說地鐵幫忙運送警察。聽罷我就跟小鳥說：「現在地鐵都變成軍車了。」

　　小鳥也說：「鐵路公司合併了以後就一家獨大，想怎樣就怎樣，用不著理你們。」

　　才沒過多久，警察就封鎖太子地鐵站。我跟小鳥不明所以，反正在街上也沒什麼好做，所以我就跟小鳥走到地鐵站外點開直播看看是什麼事。誰知道看見警察在地鐵站內跑來跑去，然後打在車站裡的人。當中有大人有小孩，有些更已經是跪在地上。在直播中聽到的盡是哀號、尖叫，也有人不斷在說：「別打啦！我求求你別打了！」

　　基本上鏡頭所見車上都是穿著普通衣服的平民，可是警察就像是瘋了一樣，無差別地不斷去打人。看見這一幕幕，我頓時腦袋一片空白，問小鳥跟在場的人：「發生什麼事？」

　　「好像說是早前有個親政府的人拿著武器想打人，然後現場的人反擊，過了一會後就一堆警察衝進去，然後就是你剛剛看到的那樣。」一個在一旁的女士在給我解說。

　　現場其他的人也在說：「根本就是亂來。」「就說警察都是黑社會。」「地鐵公司都在幫政府。」大家都在七嘴八

舌的罵著。

　　這時候有個叔叔說：「什麼黑社會，香港警察根本就是恐怖分子，只有恐怖分子才會無差別地亂打人，黑社會也不會這樣。」話音剛落，就從直播中聽到記者跟急救員被驅趕，不讓他們急救跟拍攝。街上的人越來越多，而且群情洶湧，市民都紛紛在指罵警察。這時候又聽見有人在地鐵站外哭求想要進去救人，喊著：「求你們讓我進去救人，我救完了以後你們要抓我要打我隨便你們，讓我進去救人啊！」他哭得撕心裂肺，可是換來的就是警察說：「裡面沒人受傷，沒人需要你救。」可是現場的人都透過直播看到裡面遍地都是血跡，這樣算是沒人受傷？

　　群眾的憤怒情緒越來越高漲，也越來越多人聚集在街上。有人應該不滿地鐵公司跟警察狼狽為奸，然後就把其中一個已關閉的出口堆一些雜物點火燒掉。我跟小鳥看著面前跟新聞中的一切，心裡也是萬分的震撼。

　　「這……真的是我們原來的家嗎？」我在內心思考著這個問題。

　　「我們……可以做些什麼？」我用著輕微沙啞的聲線，無助地看著小鳥問道。

　　「沒有……我們什麼也做不了。」小鳥用著相對平靜的語氣回應著，就好像已經是習慣了，麻木了。

　　「難道只能看著裡面的人……」我的靈魂就好像掉失了一樣，

　　「算了吧，這世界就是這樣，有武器就是王道，沒武力就活該被打壓。」小鳥說道。看上去，小鳥滿臉的不甘和憤

怒，卻又無可奈何……難道我們衝進去？衝進去我們又能做什麼？我們夠不夠他們打？

現在人群，不論示威者也好，普通市民也罷，大家都立場一致，對著恐怖分子般的警察，叫罵聲響徹雲霄，奈何大家都只能開金口開罵，但實際卻做不了什麼。就這樣被擋在地鐵站的大閘外，看著那個不斷被阻礙拍攝的鏡頭前那個慘無人道的景象。

「要不，吃點東西冷靜一下？」小鳥看著我說道。

「先在這看一看吧。」這次我選擇留在原地，心中隱隱有點害怕會有什麼事發生的感覺，亦有著很強的不安感。

看著越來越多人下樓，或是從四方八面走過來，差不多全部都是穿著短衣短褲的市民。有人開始再次佔據馬路，有大量人呼喊口號。

警方開用揚聲器警告在場人士，同時也呼籲在場人士冷靜點，不過在場人士大聲回擊：「警察你冷靜沒？」「你們在地鐵打人！」「黑社會！」大家都互不退讓。然後又是上演著互相拉鋸的場景，一直直到午夜，到了凌晨一點多，現場仍然是這個狀況。

我在玩手機的時候，某些群組裡的人在抱怨出來太多了，忘了做功課，然後在抱怨著時間不夠。

「糟糕！」我意識到我好像……忘了些什麼。

「怎麼了？」小鳥被我突如其來的一聲「糟糕」嚇到了。

「我好像忘了檢查我弟的暑期作業，後天就開學了，而且我自己的課堂也還沒補完。」我這幾個月差不多大部分時

.134.

間都投放在找東西，收集物資，參與活動，弄東弄西，可是
卻把讀書那邊的東西完全忘記了。要不是同學群組剛好有人
提起，我還真的忘了我還有很多節課要補上。

「你不是吧……」小鳥用著鄙夷的眼神看著說，然後幸
災樂禍地說：「嘿，你死定了，救不了你。」

「要不我們先撤退，搞不定耶。」我看著小鳥說道，小
鳥笑了一笑，沒有說話。

就這樣，我們離開了人群，慢慢地步行回家。

「啊！救命啊，人生好難啊！」我一邊走一邊抱怨著
說。

「誰叫你記性那麼『好』？」小鳥打趣著說。

「我也不想的啦。」我奶聲奶氣，像是哭著的說。

然後我抓住小鳥的手說：「我不要，我不要，我不要
啊……」

小鳥頓時好像是懷疑人生，然後臉上的表情跟眼神在寫
著一句說話：「大家快來看，這裡有個傻逼。」

我一路的在鬧著，小鳥就一直在看著有個傻子。

「哎，好像忘了打電話給可樂。」我突然又想起下午後
都沒找過可樂。

「你有什麼是記得的？」小鳥又補了一刀，我瞪了小鳥
一眼。

我打電話給可樂。「好痛，好痛，好痛，痛死我了。」
電話一接通就可樂就不斷地大喊著疼。

「怎麼了啦，是被槍打中那裡嗎？」聽見他一直在喊
疼，我忍不住笑了出來。

「剛剛水炮車幫我洗澡，哇好疼，跟被火燒一樣。」可樂不斷大叫。

「你靜一點啦。」電話那頭傳來三萬的聲音。

「有沒有那麼疼？」我用著質疑的語氣說道，心想你這也太誇張了吧。

可樂聽見我懷疑的語氣，立馬反擊道：「要不你來試試？」

「不說啦不說啦，很疼，先弄一下，晚點再說。」可樂匆匆說完就掛線了。

在一旁聽著的小鳥跟我對視，然後說：「看來他真的很痛。」說罷，我們就笑了起來，然後我們就各自回家了。

回家了以後，我看見弟弟還未睡，在那玩著電腦遊戲。我走過去捏著他的臉說：「你這隻豬把功課都做好了沒？」

他好像沒有什麼感覺的說：「做了一半了，剩下明天再做吧。」

「整天就在那玩遊戲。」我邊說邊抱起他。

「哎呀，先讓我打完這場。」他掙扎地說著，雙眼還是沒有離開螢幕，死死的盯著。

然後他一臉嫌棄的說：「你身上很大催淚煙味，快去洗澡。」然後用腳踢我離開，就像是一件討人厭的垃圾一樣。

「有嗎？」然後我把鼻靠近衣服去問一下，嗯……好像真的是有點味。我決定先去洗個澡，反正再累也沒理由一身汗臭味跟催淚煙的去睡覺。

誰知道我洗完澡，連護膚也做好了以後，他還在那玩電

腦遊戲。這次我沒放過他了，直接把他抱起他說：「還打遊戲，不用睡嗎？」然後扔到床上，用棉被把他捲起來。然後我把燈關了，抱著他就睡著了。

第二天醒來，絢爛的陽光照射了在我身上，坐起來看著窗外充滿陽光，藍天白雲的天空，不知道為什麼心裡有種很嚮往的感覺，就好像天空中充滿了自由的感覺。溫暖帶點熾熱的太陽，就像是上天對這片我熱愛，成長的土地賜予的祝福，驅除大地上的黑暗一般。

每天起來後拿起手機看最新消息已經變成了一個習慣。我把手機打開，就看到在凌晨三點多的時間，警察突然召開記者會說昨天是香港經歷浩劫的一天。記者追問警察是不是進站無差別打人，有沒有違反武力指引等等，警方重申只是使用「適當武力」制服示威者，並不是進站打人。

我意外的是我聽罷並沒有生氣，警察所舉辦的記者會反正都只是警謊（粵語的「方」和「謊」同音）記者會而已，除了用來撒謊跟指鹿為馬以外根本不會有其他實際意思。看來……我應該是已經看開了。

再看下去，有些人在討論昨天在地鐵站裡是打死人了，人們說每個政府公布的受傷跟住院人數都不一樣，記者一直在追問可是也沒有一個合理而且能讓人接受的解釋。也見到有市民發起鮮花拜祭活動。

我簡單梳洗了以後，就開始了逼迫弟弟快點把作業寫好。他一直在那叫苦連天，不過我還是要他好好寫作業。沒辦法，誰叫明天就開學。我自己也在一旁打開電腦，也把我自己還沒做好的東西跟沒上的課堂都盡可能完成。到了下

午，我們出去吃午飯，順便去地鐵站那邊看一下，不去還好，一去就看見大量人圍著那邊在拜祭，滿地都是香燭跟鮮花。雖然我們不能確認是否真的有死人，畢竟什麼也看不到也進不去，可是我們仍然過去上香，表達一下心意。同時內心也帶點愧疚，因為昨天明明我們在外面，可是就是進不去。上完香，拜祭完了以後，我們去吃了午餐跟買了些日用品後就回家準備明天開學。這一天，我們就這樣的過了。

　　開學的日子到了，我們一大早就起床，忙碌地準備著早點。雖然才一個暑假過去，可是卻好像已經過了很久一樣，對於上學居然有一點點懷念的感覺。嗯……我應該是有病了，而且是病得不輕的那種。

　　我回到學校，見到那些久違卻熟悉的面孔，我那些熟悉的大中小肚腩們，我一見到他們就忍不住要去捏幾下。啊……那記憶中的手感，還是和以往一樣。我的同學都習慣了我是一個瘋子，也都習慣了我各種奇怪行為。

　　回到那個久違的課室跟坐位，看著班裡的人都完完整整，也覺得有點安慰，最少還是齊人。

　　同學們談論的話題要不圍繞著昨天所發生的事情，要不就這幾個月發生的事，要不就在罵政府。看見這一個景象我也鬆了一口氣，畢竟同學們都是正常的人。

　　我想著……生活應該可算是半回復正常了吧。

　　話雖如此，可當我看著新一個學年的課堂、全新的功課，啊……頭都疼了。就這樣我就回歸到了白天上學，有空的下午跟晚上就去幫忙選舉工作，週末就去參與各種活動的

生活。

　　過了沒幾天，在上課的時候我收到一個短訊，告訴我
有一批質素不錯的防毒面具到了，叫我過去拿。我們一直在
商談著時間，可是就是大家都忙，時間都對不上。要不我就
是在上學，要不就是對方在上班，或是就要很久後才一起有
空。可現實上就是根本就等不了那麼久，畢竟差不多每個禮
拜，甚至有時候每天都有著活動，很多人仍然是沒有防護裝
備，而我手頭上的濾罐消耗量也是十分驚人。我只好索性在
課堂與課堂之間的空檔溜走去拿東西。還好距離不是太遠。

　　我課後飯也沒來得及吃，就直接先過去拿東西。

　　箱子到手了以後，我看了看時間，媽的，時間快要到
了，我立馬抱著箱子跑回去。街上行人看著有個人抱著兩個
箱子然後在跑，紛紛投來一個奇怪的目光。表情就好像是在
說現在送貨趕時間都不用車了，用跑的了嗎？

　　我跑得上氣不接下氣，進了課室，看到牆上的鐘還有
兩三分鐘，呼，還好沒遲到。回到座位後我直接累得趴在桌
上。同學們看著我上氣不接下氣，手中抱著箱子都覺得好
奇，因為我剛才離開的時候沒有時間把箱子封口，有些比較
熟的同學走過來把箱子打開看了一下，然後眼睛瞪得大大的
看著我。

　　「怎麼了？」我裝作若無其事地看著他問道，不過我
內心是被他這樣的反應嚇到了。這次只是一些防毒面具跟濾
罐，基本上是很常見的東西而已，正常來說不用那麼驚訝
吧。

同學說道：「你……要小心別讓老師們看到。」

「沒事啦，都在箱子裡面，應該沒問題。」我回道，同時鬆了一口氣，不過他這樣說一說以後，我還是把箱子都塞到課室的角落裡，沒有那麼顯眼。

接著我發短訊給可樂：「你今天有沒有空？」

「怎麼了？」可樂回覆道。

「過來我學校幫忙拿東西。」

「什麼，學校？你這麼有種把東西拿回去學校？你是傻了是不是？」然後配上笑翻的表情符號。

「我也不想的啦，誰叫時間都衝突得亂七八糟，只能這樣。」這也是大實話，平白無故把東西拿去學校風險也不少。可以的話我也想日常生活跟抗爭生活兩邊完全分割。

就這樣，放學後就匆忙地趕去找可樂。

去到倉庫放下了，順道跟黃皮打了個招呼以後，可樂跟我去吃晚飯。

夜，我們走到一個小公園坐下。在這裡看上去天上的月光是那麼明亮皎潔卻帶點缺失。在明亮的月光跟附近高樓大廈外牆的廣告燈牌照耀下，公園路燈的光顯得就像是風中殘燭般微弱。公園對外大馬路上，車水馬龍的車輛，顯得公園內更加寧靜。可樂跟我說：「你能不能幫我找一些你平常沒有找的東西？」

「什麼東西？我盡量找。」這時候我沒太在意。

誰料到可樂接著說：「你能不能找到電油？我們這邊很缺原料弄魔法。」

聽到這句後我差點被口中喝到一半的飲料嗆死。

可樂被嚇到然後用手摸著我的背問道：「白痴你沒事吧？」

　　「沒事……咳咳咳……你剛剛說什麼，我沒聽錯吧？」我一邊咳一邊問道。

　　「你用不著那麼激動，不就一個原料而已！」

　　「我哪來這些東西，你以爲我萬能喔？而且那麼貴又那麼危險。」我用一個看傻子的眼神看著他說道。

　　「來嘛，只要你願意，有什麼是找不到的。」可樂向著我撒嬌地說道。

　　「你真的以爲我是做軍火的是不是，我拿把槍給你好不好？」我向他反了個白眼。

　　「有的話快點拿來。」可樂從椅子上跳了起來，在做著一些很白痴的動作，氣氛不知不覺間變得有點奇怪和微妙起來。

　　我沒有給他回應，低下頭沉默了一會，然後轉過頭來看著街道上對面的餐廳，在裡面坐著的一家大小，跟一桌又一桌的年輕人，心中想起了早前在太子站內的人，還有那白衣之夜，好兄弟爲了救人而被白衣人打到頭破血流……心中就好像有了某種覺悟。心中掙扎了一會以後……

　　「你……想要多少？」我說的時候語氣沒有波瀾，平靜得沒有半點情感。

　　這次換可樂被我嚇到了，然後說：「你沒事吧？」

　　可能他也沒想到我會那麼順利就答應他，順利得令他覺得有點不知所措。

　　「沒事啦，你要多少？」我也意識到我好像有點反常，

所以我把頭伸過去咬了可樂一口。「操，又咬。」他拍著他剛剛被我咬完的位置。

「我就是喜歡咬，不行嗎？」

「你是欠打是不是？」他裝作很兇狠的樣子，對著沒有衣袖的衣服做出拉起衣袖的動作。

接著我說：「來啊，用力點，記得要多打斷幾根骨頭，打死我就好了。」

「啊……幹，你不講武德。」我大喊著。他媽的他居然撓我。如果有外人從外面看的話應該會是看到有兩個白痴在那跳舞，一時跳來跳去，一時抱在一起。在玩的過程中我趁機親了可樂一口，可樂頓時嚇到了，說：「喂，這裡是街上。」

邊說的時候他眼神十分閃爍，好像是在逃避些什麼似的。整個氣氛變得微妙起來，我們就坐在那，許久都沒有說話。

最後還是可樂先開口：「有多少就要多少，反正這些你一次也不會拿得到太多啦。」可樂把話題拉回去正事上。然後就一直在這個奇怪而且尷尬的氛圍下直到回家。

輝煌漸逝的黃昏

　　過了幾天，我又跟一群社工吃飯，因為我自己有社福背景，所以一直都有些合作，他們也時不時會給我一些裝備讓我這邊分派下去。他們知道我這邊有一群是特別年紀小的學生，也有因為出來抗爭而跟家人鬧翻，被斷生活費跟趕出家門的。他們幫我籌集了一些善心人士的飯劵，想要幫助一下那些困難的小朋友們。為了能夠照顧更多人，我也努力去尋求更多飯劵或是店舖優惠，說實話我也不知道那來的勇氣，私底下弄了一個短期過渡性質的飯劵計劃，不過只接收經介紹而來的人。

　　然而讓我意外的是，有人介紹了兩個小孩過來，我約出來見面。他們是一男一女，當我看見的時候，我操，你是認真的嗎？他們身高才去到我胸口那麼高，年紀也太小了吧。在跟他們聊天中，才知道他們家人都是親政府的，因為家人知道他們有出來抗爭，所以就把他們趕出來了。而平常出去的時候有幾個同學跟他們在一起。將近離開的時候，我問了那個男生，他們現在讀幾年級，他說他們剛剛上中二。

　　我以為我平常在幫跟一起合作的，在讀中四中五已經年紀夠小了，誰料這世界沒有年紀最小只有年紀更小的⋯⋯

　　我小聲地問他們那邊裝備夠不夠。誰知道小男孩給我回覆說他們有，有一次出去的時候有人派豬嘴，所以他們現在有3200系列的防毒面罩，而且在地上也撿到了一些濾罐。講

的時候還帶點興奮，好像撿到寶物一樣。可是在我耳中聽來
卻完全不是這樣的一回事，3000系列的基本上戴上去是很難
呼吸，在現在這個如此密集和高濃度的催淚煙中根本是不足
以去抵擋，甚至可以說只能勉強撐一會而已。

我只好約他再次見面。把比較好的護具都給了他們。護
手護腳跟護甲那些對他們來說實在是太大。所以我只好給他
們一些防毒面具、濾罐、眼罩、看上去像普通帽可是裡面是
頭盔來的帽，還有一些衣服跟雨衣。

他們看到了以後激動得像個小孩，啊不……他們本來就
還是小孩。

小男生說：「這個很少人有的啊。」

看見他們那激動跟開心的樣子，我不但沒有半點快樂，
反而是有種想哭的感覺。雖說我是怕他們會受傷所以才給他
們的，但我也不知道到底我做得對還是不對……畢竟他們還
真的是太小了，根本不應該參與那麼危險的事情。

說實話把他們那個小隊的裝備都負擔起來其實真的有點
吃不消，壓力挺大的。畢竟原本消耗量已經是很大，僧多粥
少的情況下要維持有足夠的裝備捐贈跟供應來源其實真的很
難。誰不想每個人都有最好的保護，可這世界從來都是理想
很豐滿，現實很骨感。

「你能不能出來一下？我有事要和你商量。」可樂把我
叫出去吃下午茶。我們約在了我家附近的餐廳。

「怎麼了，今天不用跟三萬拍拖嗎？」我略帶點不爽的
語氣問道，事緣是昨天我們也有約出來去買東西，可是後來

三萬找他，他就放我鴿子了。

「用不著那麼小氣啊你。」可樂略顯尷尬地說道。

「小氣，你把我當成是啥啊你？」我就差未動手抓起他的衣領打他。

「來嘛，好兄弟別計較。」可樂繼續沒心沒肺地說著，看著他的反應我更加生氣，明明先約的那個是我，爲什麼可以這樣？你就不懂跟她說你已經約人了嗎？

「誰跟你兄弟，你誰啊？」我對著他吼道。

可樂不知道是眞的蠢，還是根本不在意我的感受，說道：「那你也知道嘛……拍拖比一切重要嘛。」他抓起我的手然後用一個撒嬌般的樣子說道。

我看著他，我眞的不知道應該說些什麼，或是說，我已經不太想理他了。我就在那默不作聲地吃東西，就當他是死了一樣。

「你可不可以別這樣？」可樂用力放下手中的杯子，用有點生氣的語氣說道。

「你還敢發我脾氣？」我看著他，冷冰冰地說道。

「出來吃個東西，你整頓飯就是在那不知道做什麼，什麼心情也被你弄沒了！」

「那你回去找個讓你有心情的人不就好了啊！」我說完了以後可樂就愣住了。又是一陣子沉默。雖說是在繁忙的餐廳中，可是在我看來，卻是寂靜得那麼可怕。

「不吃啦，沒心情。」說罷，可樂就把餐具放下然後就到了外面去抽菸，我還是沒說話。

我拿起電話看著新聞跟最新資訊。腦袋卻是一片空白，

什麼也想不到，只是在那發呆。我不知道我這次做得對還是不對，但唯獨知道一點，我的存在對可樂來說好像只是可有可無而已。

可樂抽完菸回來，坐下繼續吃那個還吃了沒幾口的早餐，邊吃邊講：「我們想多租一個地方用來放東西，你也知道我們原來那邊是怎樣，而且多個地方可以兩邊走，不用整天待在黃皮那裡，又可以拿來住。」

「那你不就去租啊，想租就租，關我屁事。」我皺了皺眉頭，仍然是生著氣，同時心想你們租不租其實跟我沒什麼關係，跟我說幹嘛？

「那個，因為我們這邊押金一時間拿不了那麼多出來，然後聽你那邊也想要租個倉庫來用，所以看看你有沒有興趣一起而已。」

「我先問一下其他人，我自己一個作不了主。」我沒有立刻回覆，畢竟租一個地方有合約，不能隨時就停。

想過了幾天，問了其他人，想到過一兩個禮拜後就是一些大日子，活動只會越來越多，服務範圍跟規模也相比以前大了不少，那有一個自己的小基地也是有需要的，我還是答應了。畢竟我們也需要一個地方，而且也是可以用來給那些被趕出家門的人來暫住一下。

來到了我們在抗爭活動開始之後的第一個中秋節，區內有人在網上建議一起到山頂賞月和野餐，我、總書記和小鳥也決定上去看一看。因為早前我們跟人玩的時候在網上討論區答應會提供少量薯條，我們幾個會合後就一起到快餐店買

薯條。

「我們真的要買啊？」總書記問道。

「誰叫我們找死走去跟其他人說會買，認了吧。」小鳥說道。

「就當是破財擋災，造福人群好了。」我說道。

然後我們就買了幾大袋薯條，一袋二袋的爬上山。上山的時候因為有很多人也在上下山，樓梯很窄，而且只有一邊有欄杆，而靠近欄杆的那邊基本上都是下山的人在用，我們只能夠走在沒有欄杆的那邊。我緊緊抓住小鳥的手，然後拉著總書記的衣服。

「你做啥啊你？」小鳥跟總書記異口同聲看著我說道。

「我怕掉下去啊。」我用力的叫喊著，然後周圍的人都看了過來，說罷，他們都給了我一個白眼，然後繼續走。

「哇哇哇，慢點慢點，我沒力了。」走到大約一半的時候，我拉著他們說道。

「你也太虛了吧。」總書記嘆道。

「沒辦法，年紀大。」我喘著氣說道。

「這裡最小的那個是你啦好不。」小鳥吐槽著。

然後我一邊走一邊呱呱叫，走了很久才走到上去。到了山頂，那裡有很多人在野餐，有一家大小，有情侶，不過大多都是三個五個這樣圍在一起。

這時候有人走過來說：「你們拿著那麼多薯條，應該就是你們了吧？沒想到你們真的會買。」

然後我們看見山邊有一堆人向著我們招手。說實話大部分都是不認識的，只有在網上聊過幾句而已。我們很自覺地

就把手中的薯條都交了出去，然後過了沒多久就有人拿了很多啤酒上來。

「哇，你們怎麼搬那麼多啤酒上來的？」大家看見了以後都異口同聲的說道。

「過節沒有酒怎麼行的。」搬酒上來的那幾個男生說道。

「我還是第一次見有人會搬那麼多酒上山。」一個原本就在這的女生說道。

「隨便喝吧，有人出薯條我們出酒。」有個個子比較高大的男生十分豪氣地說道。

果然人們都說食物是最好的催化劑，我們才第一次見面，就圍在一起，吃著東西喝著酒聊天。途中還是有人拿著食物或飲料加入這個街坊聚會。大家都很願意互相去認識。就這樣，我們都對大家有了基本的認知，當然都是隱去了個人資料的。我們基本上是過了午夜以後才一起離開。我也不禁去感嘆，原本那個那麼冷漠，被說成是最沒有人情味的城市，會因為一場社會運動而帶來了那麼大的轉變。大家那種守望相助跟人性善良的一面，好像慢慢在重現。我不知道這是因為大家都不知道對方的真實身分所以才沒有那麼多顧忌或想法，還是說人們真的在改變著。

可樂跟三萬很快就租了一間小房子，真的很小，就是一間套房。我是他們租了以後，大約一個禮拜左右上去。一進門口，房中放著一張床、一個衣櫃，還有可樂原來在倉庫那邊用的那個小沙發。再看了看，可樂居然把家裡的遊戲機都

帶了過去。而房間的其中一個角落就放滿了一部分我們的物資。

一打開冰箱想拿些飲料，「靠，怎麼又都是可樂，你是想要糖尿啊？」我看到眼前一罐罐的紅色東西，簡直覺得就是惡夢。

「你管我！」他躺在床上懶洋洋地玩著遊戲機。

我走過去抱著他然後不斷逗弄他。

「別阻著我玩遊戲。」他邊說邊繼續在玩。

「你找死！」他說罷就放下遊戲機，把我壓在床上。在掙扎滾來滾去的時候我們撞到了在一旁的飲料然後滿身都是。

「糟了。」我們異口同聲地說著。

「我先去洗澡，你清理一下。」他邊說邊去洗澡。

「怎麼是我清潔？」我嘀咕著。他很快就洗完澡圍著毛巾出來，然後說：「我去買點東西，你去洗澡吧。」

我洗完澡後想找毛巾，不過因為洗完頭後眼睛滿是水張不開。我轉來轉去摸來摸去也摸不到，心想：「毛巾呢？」啊，這才想起沒有拿進來，然後我就光著身子走出去。誰知道我還在擦身的時候剛好可樂就回來了，氣氛頓時尷尬了起來。

可樂壞笑著說：「怎麼，勾引我喔？」

「我只是忘了拿毛巾進去而已，你怎麼那麼快回來。」我尷尬地說著。

「我只是去買一點東西而已，你想要多久。」他用壞壞的語氣說著，然後又說：「你有的東西我也有，怕什麼，你

整天都不穿衣服的啦，又不是第一次。」

「這樣說要不你也脫啊？」我一邊穿衣服一邊說道。

「你眞的是找死是不是？我怕你看了自卑而已。」

「吹，你接著吹。」然後我去可樂的衣櫃想要拿衣服穿。

「你別亂拿，等我挑衣服給你。」可樂走過來幫我選，氣氛有點那個……我們兩個互相看著對方，沒有說話。可樂趁機彈了我一下。

「你有病喔？好痛！」我瞄準可樂的某部位，然後一腳踢上去。他彎下身來，不斷地說著髒話。

然後可樂說：「你用不著那麼大力吧。」

我在他耳邊小聲的說：「已經沒用力了好不，要不然你還能站在這。」

他突然語氣一轉，陰陽怪氣地說：

「哎，你眞的是呢，才彈一彈有反應了，要不要先去解放一下？」可樂繼續調侃著我，眼睛看向某個地方。

我把他推到在牆上，在可樂的耳邊說：「你小心待會我忍不住。」

可樂反過來把我推在牆上然後說道：「你嗎？還差了點。」

我們四目相對，然後氣氛變得有點微妙起來。

空氣就好像靜止了的一樣，彷彿連根針掉在地上的聲音也會聽見一樣，只剩下互相的呼吸聲。

然後可樂扭過頭去，用著感覺不太正常的語氣說道：「你滾去自己搞定，你這混蛋。」

「要不我直接在這就好了。」

「滾，別弄髒我的地方。」可樂邊說邊推著我進去洗手間。

出來了以後，可樂笑著說：「你這傢伙。」

然後轉身已經挑好了衣服直接套進我身上。

「穿起我的衣服還真挺人模狗樣的。」可樂說道。

「我本來就那麼帥好不。」我說的時候順便白了他一眼。

「呵呵，少自戀。」

晚上，我跟可樂躺在了一起，我們看著對方的眼睛，房間再次靜得只剩下兩個人的呼吸聲。可樂伸手撫摸著我的頭，眼神也變得有點複雜了起來。

「你這隻小奶狗，有沒有那麼飢渴，整天都這樣。」

「誰叫我那麼可愛那麼帥也還沒有男女朋友。」我鼓起臉龐嘟起嘴巴說道。

「你這笨笨的，居然能活到今天。」可樂一邊摸著我的頭說道。

「沒有什麼厲不厲害，只是剛好都死不去而已。」我斜眼看了看他說道。

「那你就別要死，別再想去自殺什麼的了，也不要想那些太危險又瘋狂的事，你真的以為我不知道你有多瘋？不知道你跟其他人說你想做些什麼？」可樂抓起我的手放在他的身上說道。

聽到這我就愣住了，然後淚水就忍不住流了出來，可樂他撫摸著我在臉上的淚水說：「終有一天能夠擺脫你不想要

的生活。」

「這世界誰不是活在地獄之中，反正都習慣了。」我哭著，用微弱又帶點沙啞的聲線說道，可是仍然擠出一個微笑。

「你這個混蛋，就算這樣你仍然敢去做自己，做一個與別不同的人，仍然敢去喜歡男生，我真的不知道該說什麼。」可樂說道。我聽見他這樣說，覺得有點怪怪的，可是又說不出來哪裡怪。

我把頭靠過去可樂的懷裡，慢慢地說道：「如果為了生存，我要做一個不是我自己的我，那我寧願去死掉就好了。如果做自己要下地獄的話，那地獄裡面應該會有很多我的朋友。這世界有病，可是我不想跟世界一樣。愛一個人又不是看性別、年齡，感覺對了難道要因為其他人怎麼看而選一個不愛的嗎？」

「你真是一個瘋子。」

「不瘋的話那還是我嗎？」

這個晚上，是我們第一次抱在一起睡覺，以往雖然都有一起過夜，可是從沒有靠得那麼近，抱著一起睡。

然後接下來的日子裡，白天上學，又去幫忙一下選舉，晚上要不在跟不同人見面拿東西，要不就去了參加街頭的活動，有空的時候就留在倉庫跟可樂聊天打遊戲，很多時候都是凌晨才回家。

這晚我又上去了可樂那裡。

「怎麼最近都不讓我在這裡過夜，要我凌晨回家。」我

有點不爽地向可樂問道。

「沒辦法，因為三萬會在早上上來。」可樂回應道。

「怎麼搞得我們好像是在偷情一樣，就算只是朋友，久不久上來玩一個夜晚也很正常啊。」

「我懶得向她解釋啦，很麻煩。」

「你到底是在怕什麼？」

可樂選擇了沉默。

這天也是在凌晨回家。回家後我躺在床上，總是覺得可樂好像近來怪怪的，不知道是我的錯覺還是怎樣。然後又想到近來那麼忙碌的日子，說實話我也很想停下來，不如東西都交給其他人做吧，回去過好自己的生活就好了啊。可是想來想去，也很難找到第二個人來接手，唉，想不到，不想了。

就這樣再過了一個禮拜，有人通知我可以找到之前我要的電油了，我通知可樂跟其他人去拿貨。「挖操！」這是大家第一個反應，因為在我們面前的是兩大桶的電油。我們本以為頂多不就拿到幾公升而已，可結果是完全超出了我們預期。

「你果然真的有潛質去做軍火。」可樂嘲諷著我。

「如果做軍火是那麼簡單的話那就好。」我說道。

「謝啦。」

「那有沒有獎勵？」我直勾勾地看著可樂說道。

「你這東西，什麼時候學得那麼沒皮沒臉的。」可樂輕輕彈了我額頭一下。

「你不好好想想是誰把我帶壞的？過幾天我再上來，你

要整天陪著我。」我用著一臉壞壞的笑容向著他說道。可樂摸著我的頭，說道：「你是在找死是不是。」

說罷他們就把東西拿回去。

另外，同時間我這邊在這幾天也收到了不少物資，嗯，看來大家都預料會是長期戰。

在大遊行的前一天，我們在商量明天的活動。我依舊是跟小鳥還有一些朋友出去，而其他人也是各自跟自己的小隊出去。

「你們覺得明天會怎樣？」

「這個白痴問題不用問吧，明天是大日子耶。」

「有不同地方，去哪個啊你們想？」

「去近一點的這個吧，另一個地方很容易被包圍，而且反正我們都會回來這邊啦。」

「那我們明天帶不帶裝備出去？」

這時候我說道：「要不先早上不帶，然後正規遊行了以後才過來拿東西，這次活動大肆宣傳，明天的搜查一定很嚴格。」事實上我也是很擔心明天的遊行。

「也可以，你家還夠裝備給我們吧？」他們問我說。

「一定夠啦，還有存貨。」我回應說。

然後我們繼續商議著明天的路線，如何回家，遊行後參與哪一個地區的活動。另外我也溝通著哨兵跟「家長」車輛的安排。

轉眼間到了第二天，我們一行人又回到了馬路上，然後跟著不知道幾多萬人在街上遊行著。今天氣氛非常的高昂，

遊行很快就完結了，然後就變成了多區集結去堵路抗議。

「差不多了，回去拿東西吧。」朋友一號提出說。

「去旺角好不好？」朋友二號問道。

小鳥表示：「隨便啦，去哪也差不多啦。」

「算了啦，拿完再決定，反正現在還早。」我直接打斷談論，然後大家都用奇怪的眼神看著我，我便補充說：「因為我們都不知道哪裡會打嘛，到時候看情況吧。」

我們回去拿完裝備，剛到樓下，朋友一號就把電話拿過來讓我們看，說：「哎等等，你們看看這個像不像可樂？」

其他人說：「很像是他，啊不，這根本是他了吧。」

我一時還沒反應過來，還隨便看了看說：「這不是他吧，只是像而已。」

小鳥也過來看了看，然後緩緩地說：「這應該是他了……」

其他人也說著沒理由那麼像，應該就是可樂了，還揶揄我說：「怎麼你都不認得他了，你兄弟耶。」

這時候我才反應過來，搶過來手機認真看了一下，相片中那個人真的是可樂……我還是不願意去相信地說：「可能是搞錯了而已，我試一下打給他。」接著焦急地拿起電話打給可樂，打過去沒人接聽，我想要再打的時候，朋友過來拉著我說：「別打給他，如果他被抓了你打給他反而會更麻煩。」我接著打電話給三萬，可是也是沒人接電話，我在樓梯間不斷來回踱步，然後不斷重撥過去，心中一直唸快點有人聽，快點有人聽。其他人都很緊張地看著我，雖然明明大家都知道被抓了那個是他，不過大家都仍然抱著一絲希望是

自己搞錯了。

打了幾次了以後，電話終於接通了，傳來的卻是三萬的哭聲，我問：「怎麼了，先別哭。」

「可樂……被抓了。」三萬一邊抽泣一邊說道。

「什麼？」雖然明知道結果，可是我還是反應很大。

「他……在我面前……被警察按在地上了。」這時候三萬也忍不住大哭了起來。

聽到這一句，我也淚如雨下，就好像洪水決堤般嚎哭。我用著沙啞的聲線問三萬：「你現在在哪……我過來接你。」

「我也不知道我在哪，我一直跑，一直跑，然後就跑到一幢大樓內，我在後樓梯。」三萬也講不出她現在在哪裡。

我叫她：「你把手機打開發定位給我吧。」拿到地址後我們就掛掉電話。

掛掉電話了以後，我整個人失去了靈魂一樣，力氣都被抽空，只能跪在地上嚎啕大哭。這是我人生之中第一次有關係親近的人被抓了，朋友們都抱著我，把我抱在懷裡，摸著我的頭，安撫著一個在哭得聲嘶力竭的小孩，卻又不知道可以說些什麼，或是說知道說什麼也不會有用。

過了一會，我跑上去家中放下身上所有裝備，迅速趕到三萬給我的位置。一開始在走，然後開始跑，眼淚也一直流個不停。

我一直打電話給她，但沒有接通，差不多打了近十次，三萬才接聽了電話，然後說她已經離開了。然後我看著前方其實就是可樂被抓的位置，我眼淚又忍不住，然後跑過去那

個位置。這時候朋友們跟小鳥衝上來拉著我，朋友打電話給我其他隊友說：「緣分已經瘋了，他不顧一切的向前衝，衝過去那些狗那邊。」

在我們前方不遠處隔著一兩條馬路就已經有一排警察在那邊站著。你問我為什麼要衝上去？其實我也不知道，我已經不知道自己在做些什麼。

小鳥他們看著這樣的我，都不知道該說些什麼。

「先吃點東西吧。」他們把我帶到了餐廳去，在去的過程中我拿起手機來然後發了個短訊給大塊龍，說：「如果你們要人的話，我的命隨便拿去，有什麼要做的話隨便叫我。」

「你先回家休息一下吧。」

「對啊，你應該都需要些時間消化一下吧……」

朋友們對我說著，我沒有出聲，只是紅著眼眶，低下頭……

「你別這樣嘛，他又不是死了，而且可能還可以保釋的，到時候再算吧。」

「他也不想看到你這樣……」

「來吧小乖乖，先吃點東西。」

他們不斷地安慰我，勸說著我，不過越是這樣，反而我越想哭。好像身邊每一個人都比我要堅強，而我好像是只能依賴著其他人，自己一個什麼都做不了。

「張開口……啊……」他們看著我只顧在哭，就選擇直接餵我吃就算了。

而我也失去了靈魂般，慢慢張開口，被餵吃著那淡然無

.157.

味的食物。看見我這樣子，他們都不知道該怎樣才好。經過他們的陪伴跟哄騙，我才好了一點點。他們就打算先送我回家，可是被我拒絕了。

「我還不想回家。」我對著他們說道。

「可是……你……」

「回到家也是這樣而已啊，而且今天還是大活動。」

他們也沒勉強我，也許是覺得要阻止也阻止不了我吧，就陪著我回到馬路上。然後就是一堆瘋子在沒有任何裝備的情況下在馬路邊跟催淚彈對抗。

「他真的瘋了。」看到我這樣，連一向沉默寡言的小鳥也忍不住說道。

接近同步的時間，有人大叫：「快逃，他們準備包圍了。」

我們逃進去後巷想藉著穿過小巷逃出去，不過今天比較倒霉，警察都是瞄著我們來開槍，我心想：「我們上輩子得罪了你們嗎？還是說上輩子我跟你家有仇？那麼多人你不射就射我們？」

我心裡在吐槽的時候，他們的槍也沒停過地開，那些子彈不斷的在我們身邊擦過，或是射到在傘上，在穿過小巷的時候，因為小巷比較窄，我們被逼要把傘收起來才能進去，但是子彈並不會因為我們收起傘而停止，但除了走這邊以外就沒有其他出路。密密麻麻的「嘭，嘭」聲不絕於耳，滿天都是各種子彈跟催淚煙。這時候小鳥走到我身後讓我先通過，然後他走在我後面。「伏！伏！伏！」子彈打在傘跟身上的聲音不斷。

穿過小巷後，我們眼淚不停地流，也好像呼吸不了。有急救員過來幫我們洗眼，我也掏出在袋子裡的氣管舒張劑來抵擋一下催淚煙的刺激。緩下來以後，我轉過身慢慢走向小鳥，一手拉起小鳥的上衣，看見他身上，特別是背部接近腰部的部分，全都是一個個的子彈印。原來剛才小鳥推我先走，然後他在小巷擋住了，子彈全都打在他的身上。而我因為他，基本上是一顆子彈也沒被打中過，頓時我都不知道應該說些什麼。我默默看著小鳥，伸手摸了摸小鳥的那些彈印。這一刻，在我眼中他的身影好像變得特別巨大，猶如一個會守護著我的巨人一樣。

　　小鳥被我突如其來的一摸嚇了一跳，問：「你在幹嘛啊你？」

　　「疼不？」我紅著眼眶看著小鳥說道。

　　「要不你來試一下？」小鳥摸著那些紅印說道。

　　然後小鳥溫柔地笑了笑說：「沒事啦，別緊張，只是一些印而已。」

　　過了一會我沒出聲，小鳥再說：「沒事啦，那些煙還更不舒服。」

　　在一旁的急救員說：「你們啥都沒帶要小心點啊，如果沒有裝備就不要走那麼前。」

　　一旁有人說：「你們不用理他們啦，裝備這東西你完全不用替他們擔心。」急救員明顯聽得一臉問號，不過也沒有深究下去。

　　回到家後，我只能在床上偷偷地哭。真是天意弄人，可樂才剛剛租了新地方才不夠半個月，就已經出事了。沒有人

想過這一切來得那麼快，那麼突然。我還是接受不了身邊那麼親近的人就這樣被抓。看著窗外那漆黑可又映照著霓虹燈光影的天空，我很想大喊為什麼上天要那麼不公平，滿手鮮血的黑警什麼事都沒有，而我們卻要落得如此下場。你是不是瞎了，還是你本來就是是非不分？

　　第二天，我如常的回到學校，可是我整個人的思緒都沒有在學習上，完全沒有心機沒有動力。整天的課堂我都是在發訊息給不同人問：「我現在可以怎樣幫可樂？我們現在有什麼可以做？」不過得到的答案都是只有一個，就是沒有，然後等律師去處理跟準備上庭。說實話我自己也很清楚自己這時候是什麼也做不了，可是我就是不甘心。

　　我也問著三萬可樂現在怎樣，她說律師已經跟可樂溝通過了，現在沒有什麼可以做，只能等待上庭。

最後的餘蔭

　　晚上我約了小鳥出來，因爲我這一刻能夠依賴的人也只有他一個了。我下課了距離小鳥下班回來中間還有些時候，我就四處去逛一下。不知不覺間，就走到去了我們那個倉庫樓下，看到這大閘，突然就變得很傷感，彷彿可樂已經死掉了一樣。

　　終於小鳥回來了，我們吃完飯後我就提出了到山頂去喝酒，然後他居然願意陪我一起瘋！因爲上山要爬很高的樓梯，而樓梯也挺窄的。在上山的時候我邊走，右手抓住扶手，左手抓住小鳥。

　　「你搞什麼，別把我拉下去。」小鳥說道。

　　「那你就抓好一點扶手，我怕滾下去。」我說道。小鳥聽到後嘆了一口氣，搖了搖頭繼續走。

　　走到一半的時候的看了看周圍，再想想這個時間，我拉停了小鳥。

　　「等一等，很熱。」我把上衣脫掉。

　　「有沒有那麼誇張。」小鳥吐槽說道。

　　「你也脫了吧，反正那麼晚都沒人了。」我說道。

　　「你不如索性把褲也脫掉算了。」小鳥嘲諷道。

　　「如果你不介意的話我想脫啊。」我直勾勾地看著小鳥說道。

　　我們繼續走，上到山頂的時候已經是午夜，一整個就是

找死的行為。山上的人早已經離開，而我跟小鳥坐在這個山頂上，拿著酒瓶俯瞰著整個城市的夜晚。看著一家家的燈火逐漸熄滅，街道依舊燈火通明，就好像即使整座城市都失去人以後，依樣能夠保持光輝亮麗的外表。

「其實你明明有大好前途，爲什麼你那麼看不開？」我用著嘲弄般的語氣向小鳥說著，同時其實也是嘲諷著那個可笑的自己。

「你好像學歷比我還要高，你不也看不開？」小鳥看著山下的社區，用著諷刺般的語氣說道。

「你是專家耶，我是個屁，出來後也只是個垃圾社工而已，到時候要靠你養我。」我繼續自嘲地說著，因爲社工就是其中一個被打壓得最厲害的行業。

「最少也是『專業人士』嘛。」小鳥用著奇怪的語氣說道。

「你怕不怕有一天我們也會被抓？」因爲可樂出事了，這個問題我們也不得不去探討。因爲這個問題，氣氛沉靜了下來，然後我們都沒說話。

過了一會後，小鳥說：「抓不抓也還是會繼續啊，難道怕被抓就會停嗎？」

「你可看得眞開。」雖說他說的是事實，可我還是有一點點驚訝，也有一點點欣慰。

「不然呢，還可以怎樣？」小鳥顯然也是有點無奈。

接下來沉默跟猶豫了一會過後，我還是問出了那個問題：「如果有一天被抓了，然後要坐幾年牢，你會想做些什麼？」說的時候我看著小鳥的眼睛，我的眼眶也泛著淚光。

「可能讀書吧，在裡面讀個碩士可能剛好就坐完了，要不然就把博士也讀完。」嘴上雖然這樣說著，可是小鳥說的時候低下頭來，語氣裡都有點遲疑。

他接著說：「那你呢？」

我回答說：「看看裡面有沒有什麼可以用來賺錢吧。」

小鳥皺著眉頭看著我，那眼神就好像在看一個瘋子一樣——卽使看不到未來，仍然只顧著賺錢。我接著又說：「當然要賺錢啦，要不是坐完出來怎樣生活，你也知道我身體虛弱，我可睡不了天橋底。」然後又迎來了一陣的沉默。

「今晚的星星很美。」 我拉起小鳥的手，指著天上比較明亮的星星。小鳥愣了一愣，但仍然靜默。

我接著又說：「到底我們還可以再看這星空多久？」

「唉，你已經瘋了，應該說整個世界已經瘋了。」小鳥說道。

我的眼淚再也忍不住，一下用力把小鳥拉了過來，然後抱著他嚎啕大哭。小鳥輕撫著我的頭，用手輕輕撥開我眼前的頭髮，任由我發洩著悲痛。他抱著我的觸感和溫度亦因為我是赤裸著上身而變得明顯。

嚎哭過後，我看著這個看上去呆呆的，可是願意為我擋子彈，願意無條件地每次陪伴在我身邊的人，在星空之下好像變得有點帥。因為我們都喝了酒的緣故，都有點微醺。小鳥的臉上有點泛紅，但他的臉在黑夜之下輪廓仍然是那麼明顯。不知道是內心的慾望，還是酒精的作用，有種想要親上去或咬他一口的衝動。我伸出手來捏著他的肚子，十指緊扣地牽住他的手，呆呆地看著他。小鳥沒有說話，可是明顯的

看到他的耳朵通紅了起來。我把頭靠過去向著他的耳朵吹了吹氣。

「別弄，好癢。」小鳥邊說邊摸了摸他的耳。我笑了笑沒說話，然後繼續望著他。

世界病了，我們也有病了，變成了兩個瘋子，在山上一直聊，聊到凌晨才回家睡覺。如果不是在這個意外還是明天會先到來也不知道的時勢，也許就沒有這一份的猶豫。

第二天我一早起來就趕過去法院。因為我人生從來都沒去過法院，也人生路不熟，我跟三萬就直接叫計程車過去法院。下車了以後，看見寫著法院的大牌，一種壓抑的感覺油然而生，我看著那兩條正在排隊的隊伍，不知道應該要排那一條。

我看著三萬問道：「我們應該要排那一條隊？」

三萬回應道：「我怎麼知道，去問保安啦，問我幹嘛？」然後就好像看怪人般看著我。

我們只好走進去問保安。光是走過去問保安的那一段路，我彷彿已經被抽空了力氣，緊張得難以形容。因為人生第一次來到法院，未知的恐懼，加上法院的形象一直是十分莊嚴以及神聖，生怕會做錯、說錯些什麼就會被抓進去一起審判。三萬看著我那戰戰競競又帶點笨拙的樣子，臉上就像是寫著：「這個人是從從鄉下出來的吧。」

我直接跟三萬說：「我有點怕。」

誰知三萬說：「怕什麼，又不是你被審，你只是去旁聽而已。」

「可我還是很緊張啊。」我看著三萬說道。

我們搭乘升降機上到可樂審訊的樓層，我剛出升降機，就看見已經有不少人在排隊，而三萬就徑直的走到一個穿著西裝的人身邊。我跟上去，發現他們相談甚歡，三萬看著我疑惑的眼神，就說：「他就是可樂的代表律師。」我緊張的打了個招呼，就問起了可樂的情況。「其實還是看法官而已，我現在也答不了你，不過不用太擔心。」律師只是很正式的簡單回應著。不過這我也明白，畢竟最後做決定的也不是律師。這時候可樂的母親也走過來打招呼，面容十分憔悴。進入法庭後，就發現法庭內大部分的設施都是用木製，而且看上去木料材質十分優良。後段左右兩旁有旁聽座位，前方有律師的座位。法庭最前面是法官的位置，就好像象徵著法官的地位跟權力是最高的，座位也是故意做得相比其他位置高出一段。法庭的左方是犯人欄，右方是記者席。

進去等候開審的期間，我看見大塊龍他們也在，他們朝我跟三萬笑了笑跟揮了揮手。過了沒多久，法官進場了，全場的人都站起來向法官鞠躬，然後才坐下。就好像看見皇帝一樣的恭敬，差別只在不用跪下而已。

接著法官就開始處理不同的案件，我周圍看，也看不見可樂，扭過頭來問三萬：「可樂在哪？什麼時候會出來？」

三萬說道：「你別那麼緊張，到他的時候自然會帶他出來。」

過了沒一會，法庭書記唸起了案件編號跟可樂的名字，我們目光立馬看過去犯人欄，看見可樂被兩個人押解著從犯人欄後面的門出來。可樂出來後也東張西望，然後就看了過

來，看到我們以後他還笑著做了愛心手勢，我心想：「這個白痴⋯⋯」明顯就是對著三萬在撒狗糧。然後他看了看我，眼神卻完全跟看三萬不一樣，就好像帶點閃縮、猶豫的樣子。我定眼看了看，他的頭包著紗布。開審時律師就向法官表示可樂要投訴他被警察不合理的使用暴力，可讓我有點驚訝的是法官好像完全不在意一樣，連一點回應也沒有，律師也只好繼續陳詞。

「本席同意讓被告人保釋申請，保釋條件為⋯⋯」法官毫無感情地說出這句說話，但我們在場的人都鬆了一口氣，我眼眶都紅了，差點就哭出來。看見三萬叫著可樂媽媽起身離開，我問三萬：「可以離開了嗎？」

三萬說：「聽完你想要聽的就可以離開了，然後把位置讓給下一個人，不用坐到最後。」我就跟著三萬一起離開了法庭，到外面去等可樂出來。雖說只是保釋，可最少還能夠暫時在外面，心情頓時放鬆了不少。

我們跟大塊龍他們在外面等著可樂出來，這時候有一個我不認識的女生也在一起，她叫做忌酸辣粉。跟我一樣還是一個學生。

過了很久，可樂還沒出來，問了律師，律師說：「法庭處理需要一段時間，剛好也是午飯時間，要過後才處理，所以並沒有那麼快，你們先去吃飯。」說罷律師就離開了，我們揮手與律師道別並感謝他們的幫忙。

我們商量了一會後，打算去買一點小吃，然後等可樂出來後一起去吃東西。誰知道我們用手機搜尋了一下發現周邊什麼都沒有，只好放棄，去找最近的一間超市買些飲品算

了。到了超市，有人突然提出想吃雪糕，然後大家就買了兩盒家庭裝的雪條，直接人手一條地吃著。嗯⋯⋯現在的人都真隨興。

雖說是最近的超市，不過還是有一點距離，所以一行人回到法院後，過了沒多久可樂就出來了。出來的時候，他也是拿著一罐他最愛的可樂。他先抱著三萬，然後看著我說：「你看看你，你那個欠揍的樣子就好像我已經死了一樣。」一個沒有靈魂的笑容掛在他的臉上。然後他過來抱著我，拍了我的頭一下。在一旁的大塊龍看著我們，臉上也掛住一個不太正常的謎之笑容。

「我想回家。」可樂向著大家說道。

大家都很理解，所以聊了一回後就這樣各自散去了。我就跟大塊龍他們一起去吃東西，這次應該是我第一次跟大塊龍一起好好聊天。

大家都很有默契地沒有提起早前失控時發給他的短訊。飯後大家就各自回家。

過了幾天，我上去了找可樂。

「死了沒，居然那麼廢被狗咬。」我坐下後就對他來了一頓嘲諷。

「你這個混蛋，我是為了救三萬才被抓的好不。」

「要不就承認是你跑得慢。」

「找打是不是？」可樂笑著然後抓住我。

「怎麼了，被說中了惱羞喔？」我用著一個欠揍的語氣說著。

　　可樂直接推倒我，然後騎在我身上靠著耳邊說：「怎麼才幾天你就變得那麼欠揍。」

　　「欠揍的是你吧，沒事就在那逞強。」我抓住可樂的脖子，看著他的眼說。

　　「怎麼，擔心我喔？」

　　「誰才會擔心你？」

　　可樂靠在我耳邊說：「你說，我有什麼好？為什麼你那麼笨？」

　　我踢了他一腳，然後說：「誰說你好，別想太多。」

　　可樂把我整個抱起說：「你這隻小奶狗嫌活太久了是不是。」

　　「答應我，別死好不，你知不知道你被抓我有多傷心。」說著說著我差點就哭了。

　　「好啦好啦，你別這樣。」可樂就像是安撫著一個小孩似的。

　　「你別再騙我，你知道我最痛恨別人對我撒謊。」

　　「我發誓了，好不。」可樂做起了三指手勢。

　　「總之不能拋下我一個！」我輕輕咬了他脖子一口。

　　「好啦好啦，我答應你，別這樣。」可樂被我弄得有點不知所措。

　　雖說我們這邊遇到這樣的事，可是整個社會運動並不會因此而暫停。過兩天又是一個活動，我又一次約了小鳥出去。我放學，他下班後就出來吃晚飯，然後我們又走到馬路上做著熟悉的事情。

　　又是一樣的事情，又是子彈橫飛跟跑來跑去。

　　「好累啊。」過了沒多久小鳥就喊累。

　　「很正常啊，那麼忙還要每天都有街頭運動要做。」

　　還在閒聊之間，看見前方有一堆人大字形地抬著一個人在我們身邊走過。「怎麼了？」「啊……」「不要啊……」周邊的人看見後都在悲嚎。那個人身上都在冒著煙，我也緊張了起來然後看了看，哎等等，怎麼他們的裝備都那麼眼熟？

　　接著他們走過來說：「嘿，緣分。」

　　靠，原來是自己人。跟我說話的那個叫做藍毛，因爲他整個頭髮就是天藍色的，他身邊還有豆漿跟油條，剛被抬著然後放下來的是神粥。他們也是我的朋友，而且都是年紀比較小的學生，全都還是沒成年。

　　「這個白痴做什麼？」我一臉疑惑地看著藍毛問道。

　　藍毛忍不住大笑起來說：「他被催淚煙燒弟弟，哈哈哈哈……。」

　　這時候油條也是邊笑邊補充說：「剛才狗們射催淚彈，然後剛好射到他那裡，燒熔了他的褲掉了進去，哈哈哈。」

　　在他們取笑神粥的時候，神粥一直在跳來跳去然後全身冒煙，一邊在大叫著。

　　周圍其他人聽見後才放心了下來，跟我說：「我們還以爲他發生什麼了，這樣被抬著，嚇死我了。」

　　「靠，它就是不掉出來！」一邊冒煙一邊跳來跳去的神粥說道。

　　「你那裡還能不能用……哈哈哈……」藍毛取笑著神粥

說道。

「應該沒了吧，真是男人最痛……哈哈……」油條也插嘴了。

「你們就沒，沒打中好不好？」神粥還是在冒煙，不過那煙已經弱了很多。

「煙燻小蛋蛋……哈哈哈……」藍毛繼續笑他。

「扛過催淚彈的那裡，世界沒有多少男人能做到，泡死女生了。」油條繼續補刀。

「你們什麼事啊……」神粥萬分尷尬地說道。

神粥再說道：「還好我穿了兩條褲，不然真的沒了。」他低頭看著自己那裡還有穿了大大個洞的褲子。

油條說：「你回去記得試一試還能不能用，記得跟我們說一聲。」

「滾蛋。」這就是神粥給他的回應，附帶一個眼神死。

「我們去一去後巷。」我忍著不大笑然後帶著他們到後巷換一換褲，還好我背包剛好有備用的褲。我們一行人去了後巷打開了傘把神粥遮住，讓他在裡面換褲。

「呼，幸好內褲沒燒著。」神粥說著說著就換完褲走出來，然後他們又走了上去。

我跟小鳥也過去了，不過我們沒有走到最前，在煙帽隊的位置就停下來了。

今天似乎運氣不太好？幾輪下來就到他們扶著油條一拐一拐地退過來。

「又怎麼了？」我一臉無奈地問道。

「他被海棉彈射到腿，走不了路。」

　　唉……我不禁嘆氣一聲，然後說道：「要不今天我們先撤，這樣也很難繼續下去。」

　　「也沒辦法啦，照顧傷兵要緊。」小鳥也說道。

　　「你們肚子餓不餓？」這時候藍毛問道。

　　「聽見你們一整堆早餐名字怎麼能不餓。」小鳥吐槽道。

　　神粥說：「一起去吃點東西吧，現在應該還沒關門。」

　　「那我們吃什麼好啊？」藍毛問道。

　　「先離開再說吧，一會狗來到我們跑不了，變成吃牢飯了。」油條說道。

　　我們向非衝突區慢慢後退，到了安全距離後，回頭一看，街上仍然濃煙密布。

　　「好痛，好痛。」油條一直走一直喊著。

　　「你要不要去醫院看一下？」神粥看著油條的腿說道。

　　「去送頭嗎？走過去給狗咬嗎？跟醫生說我是中橡膠彈這樣？」油條對著神粥一頓嘲諷。

　　「先找家餐廳坐下再說吧，你們應該都餓了。」我邊說邊走，帶著他們一起去到我們家附近的餐廳。

　　我看著油條說：「要不你去看中醫吧，免費義診的那個？」

　　「我也打算去看一看他們，只是不知道這些他們能不能治。」

　　「先去了再算了，不行才找其他。」我對著油條說道。吃完我們就各自回家。

　　過幾天我、夏天、秋野、小鳥、非洲姐約了出來，幫忙去處理那些選舉宣傳單張，因為人手問題，所以這部分只能夠由我們自己處理完。看著數量龐大的單張，要一張一張的摺疊好，然後黏上貼紙封口拿去寄跟派發，啊……人生真的很絕望。

　　因為臨時安排不到地方，只好隨便找個天台去做這個血汗工廠。

　　「你下次能不能找個好一點的地方啊！」夏天看著我抱怨起來。

　　「不好意思啦，時間不太夠，趕著要交貨給人家，大家先湊合著。」我歉意地說。

　　「算了吧，你又不是第一天認識他，他做事就是這樣的啦。」秋野嘲諷地說道。

　　「不就是，除了出去以外，其他東西都亂成一團。」小鳥這時候也補刀。

　　「感覺我好像是上了賊船，早知道就不要說幫忙。」夏天一邊在摺一邊的說道。

　　小鳥笑著搖了搖頭說：「唉，你也太看不開。」

　　「平常我幫他撿漏，你知不知道那有多辛苦，他整天接東西來做然後全都做得亂成一團糟。」秋野在那不斷地吐著苦水。

　　「唉……真的辛苦你了，要看著他。」夏天回應著。

　　「我又達成人生新成就，在天台工作。」非洲姐不無諷刺地說道。

　　雖說嘴上都在抱怨著，可是大家都在捱義氣地努力處理

著那幾千份東西。

「我嘴巴有點乾，想喝點東西。」非洲姐說。

「聽到沒，非洲姐要喝飲料。」秋野瞪著我說道，一旁的夏天笑得合不上嘴。

「來了來了，非洲姐，茶，請慢用。」我就像一個店小二一樣，端著茶等候非洲姐享用。

「那我的呢？」秋野一臉不爽地說著。

「來，來，來。」我又拿著一些飲料過去。還在摺紙的小鳥跟夏天快要笑翻。

「不過在這個天台看出去其實也挺美。」夏天坐在天台的石壆上，看著前方的景色。看出去是其他大樓的樓頂，猶如一塊一塊的拼圖，遠處有一座高山，俯瞰下去就是一堆又一堆的車輛和密密麻麻的行人。

「有空的話在這裡燒烤也不錯。」我說道。

「今晚吃些什麼？」這時候非洲姐問道。

「這邊有的是吃的，隨便找一家也可以啦。」小鳥說道。

「這個問題當然要問帶我們來的那個人啦。」夏天說道。

「好啦，我看一看吃什麼比較好。」我說道。

到了傍晚，終於都把那幾千份的東西處理好。

「終於能吃東西，累死我了。」非洲姐說道。

「快點啦，帶路去餐廳。」秋野催促著我去引路。

「這些人也是的，這時候還搞什麼選舉，選什麼選，反正都沒用的啦。」非洲姐抱怨著的說道。

「對啊，規矩都是人家訂的，選贏了又如何，到時候取消資格或是改例就是了。」我和議著。

「一天沒有真正選舉，一天也只是一個沒用的選舉遊戲而已。」小鳥說道。

「可那還是要做啊，誰叫很多人仍然是覺得現在的選舉有用，上街很暴力。」夏天嘲諷著那些想藉著不公平選舉去改善香港政治制度，同時反對勇武抗爭的人。

「醒來還是需要一點時間。」秋野說道。其實我們大家都很清楚選舉是完全沒用，不過也只能行禮如儀地參與著，誰叫大部分人都覺得選舉贏了就真的可以改變香港的狀態跟制度。在一個有問題的制度內改變制度，本身就是一個有病的想法。頂多只可以說選舉只是其中一個拿回社會部分資源跟權力的部分而已，怎麼也不會是一個重點。

那天以後，我們過了一段時間相對每天都很充實的生活，大家都基本上可以說是年中無休地在不同崗位努力著。這天，我跟小鳥在街上閒逛著。三萬打來電話給我，接通電話後，我用著調侃的語氣說：「怎麼了，沒見幾天想我了？是不是想找我去吃甜品？」然後我聽到電話那頭三萬的哭泣聲，頓時深感不對勁。

「怎麼哭了，發生什麼事？」我緊張地問三萬。

「可樂……可樂……在我面前被抓了。」三萬哭不成聲的說著，我的心亂了起來，也覺得很奇怪，不是已經說過可樂不再出去？而且今天也沒有什麼特別大的活動，按理說不會被抓啊？

我再問三萬：「怎麼會又被抓了？今天很平靜啊！」三

萬繼續的哭泣著，沒有說話。

這時候我跟小鳥只有一個想法，就是這次應該沒了，沒救了。

「你不是跟他在一起的嗎？怎麼不阻止他？」我衝口而出地說了出來。

「對不起……我也不知道他會突然這樣……我還沒反應過來他就……」三萬哭得更厲害。我整個人也是情緒上腦，小鳥在一旁拉著我，示意我別再說，先見到三萬再說。

我冷靜下來後問：「你現在在哪裡？」

「我先回家換個衣服，然後去警察局看看能不能送飯給他。」三萬的聲音仍然的沙啞。

「一起吧，一會你找到在他在哪一家警察局的時候跟我說。」我接著就通知其他人可樂被抓的消息，然後大家都幫忙打聽今天被抓的人會送去哪裡。

大家都很清楚其實他不能再保釋出來了，所以悲傷跟嘆息的氣氛默默地在漫延。

我漫無目的地走著，我不斷地四處逛，整個人其實都在放空的狀態，腦袋一片空白。小鳥默默地在身邊陪伴著我一起漫無目的地逛。

「你還好嗎？」小鳥看著那個奇奇怪怪的我擔心地問道，因為我已經在街上漫無目的地逛了一段時間。

「可能人生……真的要習慣一下離別。」我毫無生氣地回應著。

過了一會，再說：「其實說真心的，我早就預料過會發生，畢竟出來抗爭的早晚也是會出事。只是沒想過會來得那

麼早，而且那麼痛。」

　　小鳥聽後不知道該說什麼，就只有唉了一聲。我們繼續走，去看看花，去看看衣服，可是都沒有半點快樂的感覺。小鳥看著那個緊張的我，也是一臉擔憂跟無奈。沒多久後我收到一個電話，因為是不明號碼所以我沒聽，然後那個電話號碼再次打來，我心想打兩次應該不是詐騙電話了吧？然後就接了起來。

　　電話那頭說：「你好，這裡是警察局打過來的，我們在可樂身上找到有寫著你名字的物品，他說是你放在他那裡的，所以想要打來確認一下。」

　　「對對對，沒錯，那是我給他的……」我有點口吃地回應著。

　　然後我再問：「啊不好意思，你們是哪一家警察局的？」獲回覆後就知道可樂在哪一家警察局了，我們就不用再叫人繼續去不同警察局問。

　　掛掉電話後我就打電話給三萬說：「我知道可樂在哪了……」

　　「你怎麼知道的？」

　　「警察局那邊打過來。」

　　「我現在先跟律師過去確認一下，你先回家休息一下吧。」三萬說道。

　　我說：「我也過來找你們吧，我回家也睡不了。」

　　掛掉電話後我跟小鳥就立馬坐車過去警察局。到了以後我看見三萬，警察局門還有很多不同的人，應該都是被捕人的家屬。

　　三萬看著我那個不知所措的樣子，對我說道：「你先別緊張，律師剛進去，等他錄完口供看看律師怎麼說。」

　　這時候優優也過來了，說：「你們吃了飯沒？」

　　「還沒，我們一聽到消息就過來了。」小鳥對著優優說道。

　　「等會消息出來後一起吃點東西吧。」優優嘗試去分散一下大家的注意力，畢竟氣氛真的有點沉重。

　　「我不吃了，你們吃吧。」三萬愁眉苦臉，把弄著電話，像是在等待律師的新一步情況。

　　「他還有沒有可能保釋出來？」我雖然明知道機會很小，可是心中還是抱著一絲希望。

　　「基本上是沒可能的了，準備好他入獄後要用的那些用品帶進去給他吧。」說的時候，三萬的聲音都變得有點沙啞，然後她轉過頭去。

　　「都先別胡思亂想了，等律師出來再說吧。」優優說道。

　　「你說得也對。」我邊說邊隨便在路邊找個可以坐的地方坐下。

　　幾秒後，我看著還在站著的小鳥說：「你也坐下吧，站了一整天你也累了。」

　　小鳥聽罷慢慢地坐下，我看著他那微圓的臉，充滿著藏不住的疲態。

　　大家就這樣保持著靜默，很多家屬都在警察局門口想要查詢自己想要找的人在不在這間分局。不過警察局的大門卻是重門深鎖，彷彿與世間隔絕一樣。只有久不久有一位警察

走出來簡單回應一下而已。

　　過了一陣子，律師出來了，律師說可樂的狀況暫時還好，在裡面有說有笑的，著我們不用太擔心他。而且可樂叫我們多買幾份餐點給他跟其他人。

　　「他在這時候還在那麼裝大哥。」我聽見後忍不住小聲罵了出來。

　　「算了吧，你又不是第一天認識他。」三萬微笑地說道，似乎聽見律師的消息後她心情放鬆了不少。

　　我說：「那我跟小鳥去買吧。」

　　「我也跟你們一起去，三萬就留在這跟律師聊聊吧。」優優說罷就跟著我們一起走。

　　「記得要買沒骨的。」三萬向著我說道。

　　「那麼晚別走路了，坐計程車過去吧，我們去哪裡買？」優優說道。

　　「買快餐就算了，買那麼多又要沒骨的。」我提出去快餐店多買幾個漢堡就好了，因為想到時間問題，又要沒骨，又要好吃，而且想到送到去什麼也冷了，冷了的飯好像不太好吃。然後我們隨手攔截了一輛計程車就去了餐廳。

　　因為大家都還沒吃飯，所以我們先下了一輪單，吃完了再買外賣拿走。

　　「你還可以嗎？」優優看著我說。

　　「也沒有可不可以的，反正還是要面對的啦。」我勉強地擠出一個微笑，同時眼眶有點濕潤。

　　「你跟他最熟，應該不好受吧。有什麼記得跟姐姐講。」優優拍了拍我的肩膀。

　　然後優優看著小鳥說：「你這段時間多點陪他吧。」小鳥點了點頭。

　　食完後，我們買了一大堆食物，還是叫了計程車回去。上車後發現剛好又是剛剛的那個司機，真是巧合。

　　我們把食物都交給了三萬，然後由她交給出來門口接餐點的警察。

　　「回去等上庭吧，在這裡沒什麼可以做的了。」然後三萬跟我們交代了一下律師所講的流程，我們就一起回去了。

　　在過程中，大家都沒怎麼說話。或是說，大家都不知道應該說什麼……

　　回到家後，我躺在床上。看著那個被霓虹燈映照著的天空，這一次，我內心的感覺好像沒有那麼強烈。我沒有像上一次那種快要失控的感覺，也沒有了對這廣闊天空那種自由的期盼。彷彿，對這個世界的嚮往都漸漸變得模糊起來。

花火散落後的餘燼

又來到上庭的時間，又回到那個陌生的法庭。不出所料，這次可樂再也不能出來。看著被審者的那個位置，在法官宣判的那一刻，我們和可樂對視著。他臉上掛著一個微笑，可我卻看得很清楚，他的眼眶充滿了淚水，他匆匆地轉過身去，我們就遠遠地看著他被帶回去，一股悲傷又無奈的氣氛在我們之間漫延著。三萬送著失落的可樂媽媽離開。

「這個禮拜我去，下禮拜你哪天有空去看他，我安排一下時間。」三萬晚上打電話來跟我說道。

我想了想下個禮拜的時間，然後回答說：「週末吧，平日早上要上學，時間比較趕，怕來不及。」

「你記得買東西送進去給他，要不然他在裡面沒得用。」

「可以買東西送進去？」我還是第一次聽可以買東西給正在坐牢的人，我以為所有東西都是監獄提供。

「對，有一些日用品可以買來給他，不過全都有限定要求或牌子。」三萬聽上去就好像經驗豐富的樣子。

「怎麼你好像很熟一樣？」我覺得有點奇怪，然後用著好奇的語氣問著三萬。

「那我曾經也有去過探望人啊，你探過一次就懂了。」

「那麼我到時候要怎樣，要去哪裡買，要買什麼？」

「很多東西我這幾天會先給他一批，你去的時間要買

菸、魷魚絲、巧克力、蔥餅、肉乾、魚皮花生、內褲、洗髮水、肥皂、牙刷、紙巾、牙膏、電池、郵票……」

聽見有那麼多東西要買，我忍不住說：「我靠，有那麼多東西要買？」

「要不你以為呢？我這禮拜買得更多好不。」三萬卻是習以為常的感覺。

然後三萬再補充說：「你另外要準備十多塊錢，實際數字我查一查再發給你，數目一定要剛好，多了少了都不收，很麻煩。」

「什麼，這什麼白痴規矩來的？」

「你問我有屁用，你要問就去問定規矩的那個。」

「那天到了以後流程是怎樣？要做什麼？」我因為沒去過，所以緊張得想先問完整個流程。

「你到了以後，你要先填表格，表格填好了然後你去找個抽屜把除了帶給他的東西以外全都放進去鎖上，然後就等喊號碼跟人走進去就是了。」

「希望到時候別出事吧……」

「你別擔心那麼多啦，總之跟著人走就是了。」

我懷著期待，又帶點不安的心情到了探望可樂那天。我早早就起來了，咬了一個麵包就出去了。到了監獄的門外，我打電話給三萬：「是不是隨便一間專賣店都可以？」

「對，你記得要拿收據，因為東西都很貴，拿著收據向人道支援基金申請資助，要不你破產也搞不定。」

我隨便就選了一家去買，買完是一大袋的東西，都用著

透明的膠袋盛起來。老闆看見我是第一次，什麼都不懂的樣子，就幫我介紹起來裡面所有東西都要用著透明膠袋才能拿進去，要不然進不了門口的。

　　算好了價錢的時候，看到銀碼我嚇了一跳，這就一千多塊了，這也太貴了吧。難怪三萬當時千叮萬囑地提醒我要拿收據跟要帶夠錢過去。我心想坐牢花費也太大了吧，一個月算起來幾千塊是跑不掉的啊！

　　我拿著那一大袋的東西打開手機地圖去找監獄的實際位置。我繞了個圈以後終於找到那座建築物。看上去，根本就不像啊，就好像普通的工廠大廈而已。

　　我進去了以後看見人山人海，心想：「有那麼多人坐牢的嗎現在？」

　　我走向櫃面說想要探訪，然後職員示意我去一旁拿探訪表格先填了。我看了一看，什麼？這年頭探訪還要用紙表格？而且還是用鉛筆？這有多不環保跟麻煩。

　　我填完了以後，把東西都放進抽屜裡鎖上，手上就拿著放著我個人物品的抽屜號碼紙，要帶給可樂的那一大袋用品，跟排隊探訪的籌號，坐在了等待區。

　　坐了差不多大半個小時，終於輪到我的號碼，然後我跟著人流進去，去到了另一座建築物。在這裡要做安檢，走過一部金屬探測機，然後手上的東西都要交給職員去檢查一下。通過後又走到一個房間，我還是跟著人群走。然後來到了排隊繳物資的地方，輪到我的時候我順便問了問職員要去哪裡探訪，職員叫我送完用品後就到一旁坐著繼續等喊號碼。我心想，剛在外面不是已經等了很久了嗎？

我看著人來人往的監獄，才發現原來這個世界好像並不是我想像般的那樣。在光鮮的背後原來也有著這麼多問題。

　　等了差不多一個小時，終於到我了，媽啊，也等太久了吧。

　　我進去了探訪室，在職員的指示下去拿了一支鉛筆跟一張便利貼大小的紙，有需要時拿來記錄事情這樣。

　　我到了我被分發到的那個窗口，看著我前面有幾個古舊的電話，有一塊很大的膠板分隔開外面跟裡面。剛坐下後不久，可樂就在一旁的通道走過來。他一直走的時候還跟其他囚友打招呼，看上去好像很熟般那樣。這次是我人生中第一次走進監獄去探訪，眼中一切都很新鮮，同時也覺得所有東西都很古舊跟傳統。我看著穿著囚衣的可樂坐在我面前，我還真的很不習慣。

　　「你這混蛋這麼晚才來看我。」可樂說的時候就好像是什麼事都沒發生過一樣，仍然是笑著好像很開心的樣子。

　　「你這混蛋，你又騙我。」我直接開罵。

　　「對不起啦，我也不想的啦。」可樂摸了摸鼻子說道。

　　「你在裡面怎麼樣。」

　　「你看我現在不挺好的。」他說的時候還拉起衣服拍了拍肚子，一整個流氓一樣。

　　我向著他翻了個白眼說：「我真看不下去了。」

　　「你知不知道，我在這裡遇到我的舊朋友。」

　　「你認識的都是些什麼人？」我皺起了眉頭。

　　「別這樣說話啦，在外面這樣說話很容易被揍的好不好。」他看上去有點尷尬地說著。

　　「有你欠揍嗎？我不是叫你別再出去的嗎？」我有點生氣地說道。

　　「這次是意外啦，我都不想的，誰知道他們突然就衝過來就把我抓起來了。」可樂用著無辜的語氣說道。

　　「我知道發生什麼事，所以你一定要跟他們打官司打到底，別讓他們得逞。」

　　可樂話題一轉，說道：「現在房子怎樣？」

　　「你還好意思說，我跟三萬頭都疼了。」我瞪著他說道。

　　「你可不可以先幫我撐一下？」他邊說邊摸了摸自己的頭。

　　「你又不知道什麼時候才出來，我一個怎撐得起來？」我就像是看著一個白痴般的看著他。

　　「我過一段時間再申請保釋看看能不能出來，你就先撐著這一兩個月。」

　　「我看情況啦，你先顧好你自己吧，外面的事你就別管了，我跟三萬會處理。」我不想跟他糾纏在這個話題，因為三萬跟我還沒商量這個話題。

　　「你也別再出去了，要是我在這裡面看到你的話我一定打死你。」邊說邊拿起拳頭向著我比劃著。

　　「要你管。」我一臉不屑地說。

　　「你試試看。」他用著警告的語氣說道。

　　「進來不就可以天天做些啥了。」我用壞壞的笑容打趣地說道。

　　「好了不扯皮了，時間不多了，總之你不可以有事。」

他突然用嚴肅而認真的語氣說道。

我看了看時間，倒時計上顯示剩下不到兩分鐘。

我邊看著倒時計邊說：「你自己要照顧好自己。」

「在這裡哪有人敢欺負我，不用擔心啦，反而是你，那麼笨。」

「你就笨！」

「愛你喔，自己小心。」他還眨眼弄了一個飛吻給我。

「你出來後我一定咬死你……哇！」我也像小孩一樣裝著怪獸的聲音。

時間到了，我放下那冰冷的電話，依依不捨地看著他起來，被職員帶走。轉過身後，我的眼淚就不爭氣地湧了出來。誰叫我最怕的就是分離。

出來後，發現光是探訪就用了半天。這到底是什麼樣的垃圾系統，花個兩三個小時才看那十五分鐘，就這效率還叫香港？這根本就是一個侮辱。

後期因爲三萬沒空，所以慢慢就變成我自己去探望可樂，也因爲每天要抽時間去探望可樂，所以很多時候都會來不及回去上課。

轉眼過了一段時間，這天又是一個我跟小鳥，以及其他人又一次參與著街頭活動，然後這一次比較倒霉，才開始沒多久我就跟小鳥直接被水炮近距離射中了，那水炮的衝力直接把我們擊飛，撞到店舖的鐵閘。

周圍的人把我們領到比較安全的地方，啊嘶……很疼，眞的很疼。那種感覺就是全身都被火燒一樣。因爲我們是被

射到頭跟上半身，所以眼睛也有，完全張不開眼。

我感覺到有人用生理鹽水幫我去洗眼，因為有水在我的眼開始沖，然後流到我的口裡，然後是很鹹很辣的。不過因為是水，一直流，一直流，本來都是全身上下濕透，現在連內褲也濕透了。啊……痛死我了。

有個男聲在我耳邊跟我說：「忍一下，忍一下。」

「把衣服脫掉。」幫我洗眼的那個人向我說道。

我艱難地把衣服脫掉扔到一邊，此時我的眼睛還是張不開，然後有人在幫我擦乾身上的水。

「好冷，好冷。」大熱天下我冷得忍不住不停地說道。

我聽到身邊的人小聲地說：「應該是低溫症吧。」

那個急救員幫我洗了很久很久，我勉強在灼眼的情況下能張開眼幾秒鐘。我看見有很多人站在附近看著我，而小鳥他們在一旁被其他人照顧著。

急救員跟我說道：「快點回去洗澡吧，你們全身都是化學水，在這裡處理不了。」

我立馬拿起滴著水的電話，打電話給三萬：「救命啊，好疼，你快過來。」

「怎麼了？」三萬用著疑惑的語氣問道。

「我們被水炮車爆頭跟洗澡，你快過來。」我痛苦地呼喊著。

「唉，我現在過來，怎麼那麼不小心。」

明明是大夏天，二十幾三十度，可是我卻又疼又冷地顫抖著，那種冷就好像是冬天不到十度洗冷水澡差不多。

等了一會以後三萬就來到，小鳥他們被熟悉的街坊戰友

們帶了回家照顧，而我就被三萬領了去可樂那間房子。

「你走那麼前做什麼？你看看你搞成這樣。」三萬一來就說著我。

「你怎麼沒事，剛剛應該很難躲耶。」我反問三萬。

「水炮車轉過來時我剛好來得切躲進去店裡，所以沒事。」

我們一直走回家，因為實在是太灼眼了，沿途我差不多都是閉著眼，三萬拉著我走的同時幫我拿著我的背包。

我們走到去樓下，打算上樓的時候，我聽到大閘打開然後關上的聲音，跟然後有人走樓梯的聲音。基本上可以說是故意不讓我們進去，三萬跟我都被驚呆了。不過想了想，也對，這裡始終不少都是親政府的人，發生這樣的事也很正常。

三萬拿出鑰匙打開大閘，我們走樓梯上去，進屋後三萬拿了一支沐浴露給我，說是上次可樂用過效果覺得還好的，然後我立馬衝進去洗手間洗澡。調水溫的時候挺要命的，太熱又會很痛，太冷又會很冷，要調到跟身體差不多的溫度才行。沖著水的時候是比較舒服，終於沒那麼痛。我整個人洗了大約五六次，覺得應該可以了才擦乾身出來。

誰知道他媽的才出來沒多久，全身又痛了，痛得好像被火燒一樣，我又跑進去再開著水喉。三萬忍不住說：「你別洗那麼多次，沒用的。」

「沖著水的時候舒服點嘛，痛死我了，到底你們上次是怎麼挺過來的？」我痛得半死，根本不想停下來，因為發現只有在沖著水的時候才會好一點，一停就會再來。換言之其

實根本是完全洗不掉。

「我沒事，是他而已。其實也沒什麼辦法，就只能等而已。」三萬說道。

「那要多久？」我邊沖著水邊大聲說道。

「大約大半天吧，所以你還是出來吧，洗是沒用的。」

聽到這句我都想要死了，可是反正都沒用，我還是擦乾身，先穿著可樂的褲出來。因為我後備的衣服都被水炮車弄濕透了。

我擦乾身出來後，整個人又開始發燙，那感覺真的痛得想死。

「忍一下吧，這些化學水弄不掉的。」三萬看著我不斷在那疼得呱呱叫，無奈地說道。

「真的痛得快要瘋了，發明這個化學水的那個人應該是一個變態。」我繼續在那痛得顫抖著，在地上滾來滾去。三萬在一旁笑得合不攏嘴。

「你背包全部東西都不能要了，看看有什麼東西是有紀念價值的，其他都扔掉吧，洗不掉的。」三萬邊說邊拿起我的背包把東西都翻出來。

「我頭還有點暈暈，剛剛直接被射到頭然後整個人撞過去鐵閘真的也太那個。」

「就叫你這弱不禁風的身板別走那麼前。」三萬一臉嫌棄地說道。

「這次是意外好不！怎麼看我也不是最弱的那批。」我不服氣地說道。

「你吃了東西沒？肚子餓不餓？」三萬看著都已經挺

晚，然後問道。

「還沒，我打電話叫人送過來好了。」我說道。

「要不我直接幫你買上來吧？」三萬說道。

「不用啦，我打算叫他也把中醫那些水炮車緩解藥膏也拿過來。」我拒絕了三萬的好意。然後我就打電話給神粥然後叫他送貨。

我跟三萬就繼續聊天聊地。我看著三萬，這段時間因為要一起處理可樂的事而和三萬經常走在一起，其實我對三萬也不是沒感覺的。我也不知道自己是怎麼了，愛上男的然後又對女的有一點感覺，還有小鳥……媽啊如果都說出口的話這感情圈也太亂了吧。到底我是怎麼了。我有那麼花心嗎？

過了沒一會，神粥拿著東西上來後，看見我全身上下都紅通通，笑著問：「哇，你怎麼變成燒肉了？」

「先拿藥膏給我。」我邊說邊脫掉上衣，然後把藥膏全都抹著身上，那藥膏的味道有點焦焦的。

「有沒有那麼疼？」神粥看見我這樣然後問道。

「你要不自己試試？我背包全都是化學水你可以試試，疼死我了。」我邊擦藥膏邊罵道。

三萬在一旁給我們兩個逗逼弄得快要笑死。

「你以後小心點啦，不是每次都有人能救你。」三萬向著我說道。

「以後看見水炮車一定會後退，而且一定記得打傘，還要買把鋼骨的。」我回她道。

「我沒眼看了，過兩天帶東西給可樂的時候一定跟他說你那麼蠢。」

「他那個混蛋一定笑死我。」我邊說邊打開我的晚餐，可是提到可樂後，我不自覺就有點傷感。

「你跟他近來怎麼了？」三萬突然問道。

「不還是這樣，沒什麼特別啊。」我被這個突如其來的問題嚇到了。

三萬聽到後又是一個意味深長的微笑，就好像不太信，事情並不單純的感覺。

我們就在上面聊，一直疼一直聊，聊到凌晨時分我們才回家。我想應該過了超過十個小時，身上的灼熱感仍然沒有怎麼減輕，還是那麼痛，只是慢慢習慣了而已。

直到第二天睡醒後才明顯減輕。大約真的要差不多大半天到一天才會消退，而且不知道有什麼後遺症。

然而過了沒多久，又迎來另一次上庭。去法庭以前，我、三萬和可樂媽媽一起去酒樓喝茶。可樂媽媽十分客氣，喊了一大桌的食物，生怕我們吃不飽的樣子。那個分量是多到我跟三萬瞪大眼睛你眼望我眼的程度。在聊天的過程中，可樂媽媽跟我以及三萬說著可樂跟我們各自的關係很好，然後說到可樂已經是離過婚了，妻子也沒我們對他那麼好。這一瞬間我跟三萬互相看著對方，顯然這大家都不知道。

散庭後，把可樂媽媽送走了以後，我跟三萬兩個人出去吃飯，然後開始聊起了可樂。

「你們關係有好到這地步嗎？」三萬向著我問道。

「怎麼也沒有你們好的啊，差不多每天都在一起。」我挖苦著三萬。

「誰跟你說我們每天都在一起，我們沒在一起好不。」三萬皺了皺眉頭，一臉到底我聽到了什麼的樣子。

　　「不用否認了，他都跟我說你們在一起了。」我捏了一下三萬。

　　「哪有，從來都沒跟他在一起，你也知道我有男友的好不。」三萬堅持說他們沒在一起。

　　「有時候我在上面然後他經常說你上去找他然後半夜把我趕回家耶。」我疑惑地向三萬說道。

　　「我都不怎麼在外面過夜的好不，我要在家陪我男友啊。再說，可樂也說不會讓人上去，你怎麼會常常在上面。」三萬一邊說也是一臉疑惑。

　　這時候大家都開始意識到有些不太對勁。

　　三萬問我：「他怎麼跟你說？」

　　「他說你經常都在上面跟他一起，你整天都會找他耶。」我回答道。

　　「他真的有病，我跟他說過很多遍我不會跟他在一起，怎麼看他都不是一個可靠的男人好不。」三萬一臉不悅地說著，看上去不像是撒謊。

　　這時候我問了三萬：「那他在你面前怎麼說我？」

　　「他說跟你不太熟，要不是他媽媽的話我真的完全不知道你們兩個關係原來那麼好。」

　　然後三萬繼續說著：「這些無聊的謊話他也說，我真的搞不懂。有什麼需要隱瞞你們兩個的關係？哎等等，他平常那麼多一箱箱的，我不覺得以他的能力會弄得到那麼多東西，是不是也是你給他的？」

「沒關係啊，你要也可以直接問我拿，我懶得煩才都給他拿去給黃皮他們。」我第一下沒聽出有什麼問題，過了一會才意識到好像有點不太對勁。

三萬說：「看來他所有東西都在騙著我們兩個，他真的好爛好不，結過婚也隱瞞，而其他這些那麼小的事也撒謊？」

我就如晴天霹靂一樣，一直在身邊的人，原來其實那麼的陌生。我和三萬把所認知的都拼湊起來，這才發現，我跟三萬都是被他耍得團團轉的傻瓜。

「我不想再理這個那麼差的人，之後你去探他吧！」三萬很生氣。

「不要啦，我哪有時間，而且我也不想再理他，你去看他吧。」

「算了，別聊他。就讓他沒人探，自作自受。」

我找了大塊龍去確認一些事情，誰知大塊龍啥都沒回答我，只淡然說了一句：「我們全都沒理他，只有你會理他而已。」這一刻，我才知道，原來最不了解他的，反而是我自己。

回家後，我拿起可樂跟我的合照，心中嘲笑著自己，原來我是那麼的可笑。原來只有我那麼笨的在相信他是一個好人。

我再次去到探望可樂，才剛坐下，可樂可能是見我臉色不太對，問道：「怎麼了？臉色那麼差？」

我語氣平淡地說：「我跟三萬什麼也知道了。」

可樂說：「你到底在說什麼？」

「你想先聽哪一樣？你曾結過婚？還是你騙我說三萬凌晨會到上面然後要我走？」我仍然是用沒有波瀾的語氣說著。

他沉默了。

「我真的不該愛上你，由此至終，只有我看不清這一切。」說罷，我就掛上了電話，然後轉身離開。轉身後，眼淚還是不爭氣地流了下來。

我打電話給小鳥說：「晚上出來陪我，我很不開心。」

「怎麼了？」小鳥用著疑惑的語氣說道。

「我和三萬兩個跟可樂鬧翻了。」

「發生什麼事了？」小鳥語氣明顯聽得出是驚訝。

「出來再說吧。」

到了晚上，我跟小鳥出來吃飯。

「到底怎麼了，你們不是好好的嗎？」小鳥看著我問道。

然後我就把我整件事情慢慢的說給小鳥聽，一邊說我一邊哭著。

「算了啦，反正都過去了，現在及時止損就好了。」

「可是心就是很痛，我覺得自己好笨。」我一邊說一邊喝著酒。

我想要拿起酒，小鳥伸手攔著我說道：「唉，你喝了很多了啦，別喝了。」

「醉了好，什麼都不用想，也不會再痛。」我生無可戀

般的說著。

「別喝啦，你醉了我抬不了你回家。」

「讓我多喝一點，最後一瓶。」

然後，我就不太記得發生了什麼事了。

後來，我還是有繼續去探望可樂，不過只是為了把他要的日用品處理好，而且比較多看在曾經是戰友的關係，可是那種感覺，已經回不到從前。原來對一個人失望到死心的感覺，是這樣的。

黑夜序幕的哀歌

「香港警察跟示威者在中文大學展開激烈對抗。」我在吃飯的時候看著新聞報道。看著很多不同資訊頻道都講述,因為政府不回應社會的訴求,檢察官的選擇性檢控,縱容警察任意拘捕,使用武力及私刑而沒有後果,於是癱瘓香港經濟的行動開始了,香港主要的交通幹道都開始被堵起來,中文大學的位置把守著一條重要的幹道,市民一方把道路封鎖了起來。因為我對那一帶的範圍完全不熟,我選擇了去了一家比較熟悉的大學去幫忙。

我、豆漿、油條跟神粥到了浸會大學的時候已經是入夜後,因為白天我們都要上學。剛到大學的門口,入目所見,遍地都是堆疊起來的磚頭,很多很多人在努力把鋪設在地面的磚頭都挖上來,建立一個防禦工事。我們走進去大學的內部,看見有很多人在運作著不同的設備把物資分類,一切都有條不紊地運作著。

「別站在這裡看了,拿手套出去幫忙。」我向他們幾人說道。

「軍營在這有沒有問題?一會他們衝出來那怎麼算?」豆漿擔心地問道。

「河水不犯井水,跟他又沒有關係,而且他們開槍更好。」神粥安撫著豆漿。

「他要是參與的話又會變成一個新六四天安門事件

了。」我笑著說道，要是一個地方應對示威要出到軍隊那是多麼丟臉。

「那我們幫忙挖磚，反正暫時這邊應該都是風平浪靜。」油條提議道。

我們去挖了一下地面，我就忍不住說：「挖靠，怎麼這邊的磚黏那麼緊。」

才沒過多久，我的手套就破了洞。我走回去拿新手套，出來後繼續幫忙。

回來以後出面有些人把磚頭向著軍營裡面扔，然後有些人看見了以後就向他們大叫不要搞到軍營，可是他們就是繼續。

過了沒一會，我在堆砌著磚陣的時候，突然聽見在耳邊有槍上膛的聲音，我跑過去抱著神粥，豆漿跟油條也靠近在了一起。那些扔磚頭進去的人立馬停止了，部分人立馬逃離，可是更多的人好像是沒聽見，或是並不在意。這時候有人向人們叫道：「軍營的槍上膛了，大家小心！」很多人繼續做著自己的事。有人說道：「他開槍更好，來一次港版天安門大屠殺吧。」

我看著神粥，顯然他是被剛剛那一下上膛聲嚇到了。畢竟那聲音離我們極為近，就好像差不多貼著我們那樣，很近很近，因為我們的位置就是在軍營的圍欄旁，我自己的心也被那上膛聲嚇得撲通撲通地跳。

「我們先回去吃點東西吧，肚子餓了。」我拉著他們回家。

我們第二天剛好不用上課，我們很早說過去大學那邊。

我們逛了一圈大學範圍，感覺好像在這裡不會有什麼事會發生。留在這裡好像都沒什麼意義了，所以我們打算離開算了。離開的時候，我們看見有人在保安崗位裡面玩，因為覺得挺有趣，又覺得有點好奇，我們就湊了過去。

　　早餐三人組走了過去，人家看見他們走過去，就離開把位置讓給了他們。

　　「我整天都看到保安，不過還是第一次走進保安室。」豆漿說道。

　　「我們來做一天大學保安。」神粥興奮地走進保安的崗位。

　　「這些按鈕是怎用的？」豆漿看著面前一堆按鈕問道。

　　「你試下不就知道，我們這又沒人做過保安。」神粥沒好氣地說道。

　　「試試這個。」「哎哎哎，你別亂按。」「讓我來試試。」

　　他們不斷地按下按鈕試著每一個的功能，在研究著這個來自大學的「新玩具」。

　　「你們別把人家的東西都玩壞了。」我看著這些小怪獸沒好氣地說道。

　　「找到了找到了！」油條興奮地大喊。他們找到控制停車場車閘控桿升降的按鈕。

　　然後他們在不斷讓控桿升起來然後下降，一邊在玩一邊在那歡呼。

　　「以後履歷表裡面可以寫當過大學保安了。」豆漿說笑道。

「你有點大志好不好，讀個大學不好嗎，保安經驗有什麼用。」神粥斜了豆漿一眼。

「能當保安就已經很不錯了，我們讀書又不是好。」油條說道。

「不就是，你什麼時候見過大人們會幫我們這些年輕人，年輕人只是讓老闆跟經理用來壓榨的工具而已。」豆漿不滿地說道。

「我們原本什麼都沒做就已經被叫暴徒了，你還覺得讀大學有用？你看看，現在大學生也是把牢底坐穿而已。」油條說道。

「總之你是年輕人，要不就當人家口中的壞孩子，要不就當一輩子奴隸。」神粥這時候也嘆著氣說道。

我在一旁聽著，我沉默了，他們還只是中學生而已……而且在學校裡成績跟品行都是不錯的那批。我想安慰他們，可是作為社工學生的我，比他們更清楚他們說的……並沒有錯。想要開口，也無從辯駁。

我還在發呆的時候，豆漿突然大喊：「若要過此路，留下買路財。」

我頓時傻眼了，而且不止是我驚呆了，其他路過的人都眼睛瞪的大大地看過來。

「若要過此路，留下買路財，不付錢不能過！」神粥也一起喊了起來。

路人們看見是一群小孩在保安崗位，把弄著停車場控桿，紛紛都笑了起來。

我還聽到有人在跟身邊的人聊天時說：「現在的手足們

眞的很可愛。」

我無語了，豆漿這時候又大喊：「新官上任新規矩，若要過此路，留下買路財。」

我看著這群小流氓，我白眼也翻了不知多少遍。不過最難以置信的是，我居然也跟他們一起玩了起來，一起大喊。很久也沒見過他們笑得那麼開心，對嘛，這才是他們這個年紀應該要做的事情。因爲他們幾個小流氓，整個校園頓時都充滿了歡笑聲。

玩夠了以後，我們就去吃點東西然後就回家。

誰知道中大一戰完結後，又到了下一家大學。那就是理工大學。

這一次，我們決定最少也要去看一看，看看有沒有什麼東西能做的。

原本神粥也想一起來，可是剛好他要上班來不了。我、小鳥、豆漿、油條，跟其他人一起過去。

我們拿著一定數量的防護裝備沿途一路走過去，去到快要接近入口的地方，有些中年人拿來大量食物跟飲料給我們，叫我們幫他拿進去大學裡面。

我們到了理工大學後面的一個入口，那裡堆滿了排著隊準備「安檢」的人，沒錯，就是「安檢」。示威者在大學的出入口都設置了關卡，每一個想要進去的人都需要搜身跟簡單檢查。

「這連『海關』都有，眞的變成一個小世界了嗎？」我小聲地吐槽著。

「可能免得有狗，拿著槍在裡面隨便開吧。」小鳥似乎

不太在意地說道。

　　油條向豆漿說道：「再撐一下，很快就進去了。」豆漿拿著一堆堆東西，看上去很辛苦的樣子。不過我們每人手上已經是滿載了，想幫他也有心無力。排了差不多半個小時，我們才成功「過關」。

　　「你們把東西都拿過去餐廳吧。」「海關」人員說道。

　　我們幾人走了進去，看到一個很大的樓梯。

　　油條問：「是不是走這邊？」

　　「你問我我問誰，我又不是理大的。」我說道。

　　「我也不熟，平常頂多就在地面那層路過。」小鳥也表示不懂路。

　　然後我提出：「我們跟人走就算了。」

　　我們跟著人群上了樓梯，看見的是一條亂成一團的天橋。「媽啊，這怎麼過去。」油條說道。映入眼簾的是綁好在一起的椅子、桌子、雜物，堆放在天橋的兩旁。應該是人們拿來抵擋子彈的防禦工事。

　　「中間還有一點點空間，就在那邊通過吧。」小鳥說罷就先走了進去。我們幾乎是半走半爬的過去那邊，因為所謂的通道中間有些位置根本就是窄得走不過。穿過了天橋後，我們來到了另一座大樓，走了一會後去到了大學中心的平台，看見了學生會大樓。我們看見前方是人山人海，有穿著全副防護裝備的，也有很多是穿著便服的。主要都是年輕人，一看上去就知道是學生。

　　「幹，餐廳在哪啊？」油條環顧著四周，可是還是沒見到餐廳的路牌。

我對著油條說：「大學很多時都有不止一家餐廳，唯有慢慢找吧。」

「拿著那麼多東西找啊？」油條有點崩潰地說道。

「走吧，還是要找的啊。」小鳥勸道。

我們就好像一群路痴一樣四處的看著。可能是看出來我們不懂路，有人走過來看了看我們手上的東西，跟我們說：「你們應該是在找餐廳吧？在那邊。」我們順著他所指的方向看過去，然後他接著說：「你們進去，然後往下走，走到底就是餐廳了。」

道謝了以後，我們按照他所講的方向走過去，那邊人來人往，我們也跟著進入大樓。

「地上的是什麼？是不是血？」豆漿的聲音明顯聽得出帶點顫抖，我順著豆漿的視線看過去，我們看見通道那邊有不少的血跡，地上和牆上有著一些染血的棉花和血跡，可以說是周圍都是血，然後後面就是急救站。豆漿應該是被血跡嚇到了。

「別看了，先把東西拿過去。」我拉著豆漿走下去，邊走我邊看著那些血跡，心裡也是無限的震撼。到底是傷成多嚴重才會一直流血流到來這邊，這個位置跟出入口有著一段不短的距離。樓梯之間水洩不通，人山人海。我們好不容易才落到去餐廳的樓層，看見就是滿滿的人，根本擠也擠不進去。我們就在餐廳門口就停下來休息。

坐下來後，油條問我們：「你們餓不餓？我有點想吃東西。」

我回說：「我們才剛進來耶，那麼快就吃人家的，好像

有點……」

「你啊？怎會只是有點，待會你別把人家整家餐廳都吃掉。」同步地豆漿用著質疑的語氣說道。

「不就是，你上次說不太餓然後吃得比我們兩個加起來還要多。」我也不相信他的所謂「有點」餓。

「門口那邊是不是有人在接東西進去？」豆漿看著門口那個方向指了指。

「好像是耶，來來來，快點把東西拿過去啦。」我把東西都拿起來，然後我們一行人把東西都拿了進去餐廳。

「好香啊！」油條用力地聞著餐廳中彌漫著的食物香氣，口水都快要流出來似的。餐廳內入目皆是人，桌上跟餐廳內每個角落都是滿滿擺放著不同的食物、盒飯跟飲料讓人隨便拿。

「現在還有廚師那麼好喔？」豆漿吐槽著說道。我們看了過去廚房跟櫃位那邊，有叔叔阿姨在煮著飯讓人免費吃，人們都一個又一個的在排著隊領飯。

「好像很好吃，要不要試試？」油條就差沒直接跑過去。

豆漿環顧了一下餐廳然後說：「該死的，都沒有位。」

「你白痴喔，那麼擠都差點擠不進來了還想著有位子坐，拿完後去樓上隨便找位置吃吧。」我拍了拍豆漿說道。

「我肚子很餓啦，先拿點吃的。」油條邊說邊摸著他的肚子。

……我們全都看著他無語了，心中想著希望理大餐廳還安好吧……

「走吧，去排隊。」說罷我們就去排隊等吃的。

我們聽了聽前面的人說話，發現基本上真的跟餐廳沒什麼大分別，食物質素看上去也很好。

排了一會，輪到了油條：「你好，我要這個，這個，跟這個，可不可以多點飯啊？謝謝你。」

我們幾個在後面聽著都尷尬得想裝不認識他就好了。誰知道盛飯的那個阿姨就好像是對著自己的孩子一樣，溫柔地說著：「夠不夠？多吃點喔，辛苦你們了。」

在這個如此混亂的時代，能聽到這一句的說話，如果說內心不覺得溫暖的話那也是假的。

我們幾個也拿了飯餐，阿姨都幫我們裝得滿滿的，生怕我們吃不飽的那樣。

「你有沒有那麼餓？你都已經是特盛餐了。」我看著油條還在拿小吃，驚訝看說道。而我自己就隨手拿了些能量棒放在袋子中。

我們上了樓上，在平台上面剛好找到了一張沒人的桌子坐下。整個校園範圍都是充滿著濃濃的催淚煙，不過大家都已經習以為常了，沒特別去理會。吃飽了以後，我們逛了逛校園內不同範圍，看著有人在游泳池那邊練習著扔酒瓶，然後再上平台，看著大量的人進出著校園或是各忙各的。逛了一圈後，我們大致上也知道這裡缺些什麼。

這時候我提出：「不如我們把裝備放下給些更能打的人吧，我們明天再運一批新的過來。」

「好吧，也天黑了，先回家吧。」豆漿也和議道。

我們打算回到原來進來的那條隧道去離開，誰知道才剛

剛走到回天橋的那座大樓，小鳥就說：「等等，警察那邊剛剛宣布在理工大學內的所有人都會用暴動罪抓回去。」

「什麼？」我頓時心亂如麻，然後不知所措，激動地說：「有病的吧，他媽的他們憑什麼說理大所有的人都是暴動？根本亂來的吧。」

「他們說會留一條通道讓人離開，再不離開的話就抓這樣。」油條拿著電話說道。

「那我們快點走吧。」我拉著小鳥一起小跑過去。

才沒過一會，豆漿就說：「好像不行耶，你看，醫生護士急救員從那邊出去的全都被抓了。」豆漿在手機打開新聞報道的頁面給我們看。

「連醫護跟記者也抓，那麼這裡應該不會有人沒事了，回去吧，看看有沒有其他路可以走。」我提議著。

「他們都有病的，反正都會被抓，為什麼要這樣走出去。」油條說道。

「看看其他出口吧。」小鳥說道。就這樣，我們折返回去校園中央的大平台，沿途都有很多人要不在哭，要不也跟我們一樣的在找路，也更多人是直接換上全副裝備似乎準備繼續留守。當中也少不了「我們只是過來看一看，這也算暴動？」「那些狗真的有病，根本當自己是皇帝了！」「反正檢控那邊都是他們的人，想怎樣就怎樣的啦！」「這邊有沒有路可以走？」等等的聲音。

我們走到了大樓平台，看了過去平台主要出入口，那裡堆滿了雜物，同時槍聲跟爆炸聲不斷的響起。我們再圍著理大整個校園走了一圈，不過發現到處都是警察跟警車。

「看來眞的所有出入口都封起來了。」油條驚慌地說道，聲音都已經帶點顫抖。

「香港警察現在是皇軍，法庭也是他們自己的地方，你難道覺得他們眞的會跟你講規矩？反正他們再賤再過分犯再多的法都不會有任何後果啦。」小鳥雙手緊握著拳頭，不忿地道出了香港的現實。

「算了吧，年輕就是原罪。」這一刻我的內心跟世界觀也崩塌了。原本還抱著一絲的希望覺得這一切只是政府的問題，可是這一刻，我不再覺得警察跟法庭有哪一個是無辜的了。這根本就是整個社會都已經沒救了。所謂的堵路，所謂的和平示威，所謂的幾百萬人抗爭，在這個把年輕人全都默認是罪犯、暴徒，官員、警察、黑社會、檢控機關互相合作包庇的社會眞的有用嗎？跟一群沒有人性的人在講和平理性眞的是一個有腦袋的想法嗎？當象徵未來和希望的年輕人被捨棄，這個社會，跟地獄有什麼分別嗎？

似乎這一刻，我的內心有了微妙的變化。

「我們應該去哪？」豆漿問道。

「反正都出不去了，換身裝備去前面看一看吧。」我說完還沒給他們反應的時間，就拉著他們一起去找一個可以換衣服的地方，然後我們就走到了衝突出入的那個位置。我們走到天橋上看了一看，看見不遠處全都是警察跟警車，然後旁邊的人都看著我們，示意我們回去。橋上都是一些雨傘掛在了欄杆上，地上就是一堆雜物跟木板。我看見了地上有一捆一捆的火鍋爐用石油氣罐。我們沒太在意，然後就回去了。也因爲有很多記者在，所以我們也不好出聲講話。

回去以後我們繼續在附近繞著。過了沒多久，他們把橋封著，然後我們好奇地走過去，然後他們示意我們站後一點，我們不明所以，然後退到記者的後方。過沒一會橋上就傳來爆炸聲。

我看著小鳥說：「他們原來是在燒橋。」

「這不是燒吧，這已經是在炸了吧。」小鳥眼睛瞪得大大的看著天橋，語氣十分驚訝。

豆漿明顯已經嚇呆了，可油條就好像是很興奮地說：「他們也太猛了吧，把那些黑警都炸死就好了。」

我的眼睛也看著那一條天橋，一陣又一陣的爆炸聲，一個又一個的火球，這是我人生中第一次那麼近距離看著爆炸的場景。這一種感覺很奇妙，看著在眼前在發生的一切，非但沒有感到半點害怕，反而泰然自若，隱隱也好像有一種解脫的感覺。

也許，在這一刻，我們所經歷的，是真正的成長吧。這一陣的轟隆聲，就好像提醒著我們並不再是被捧在手心疼愛的小朋友，這一次不會再有人來幫我們，甚至說這個世界都期望著我們死去，我們剩下的只可以靠自己去尋找那一線生機。

爆炸後的天橋只剩下焚燒的火焰，亦猶如我們對大人的期望般，燒得一乾二淨。

「走吧，我們沒有選擇了。」我聲音顫抖地說著。

大家也在剛才的震撼中回過神來，眼神彷彿都變得有點不太一樣，可是要用語言說出有什麼不同的話，還真的說不出。

豆漿問道：「我們應該去哪裡？」

我隨卽答：「上去高一點的位置那邊看看吧。」

「那個角落好像能看得清楚。」小鳥似乎意會到我想做什麼，伸手指了指一個平台的角落。

「走吧。」我轉過頭來看了看他們，然後就小跑過去。

我們還沒走到去那個位置，就已經有催淚彈向著我們的位置射過來。

「開傘。」

我們打開著雨傘，我跟小鳥半蹲的在牆邊稍高處向下看，發現方圓幾里都是停滿了警車跟警察，催淚彈還是源源不絕的飛過來，幸好有油條跟豆漿撐著傘幫我們擋著。

「差不多了。」小鳥說道。

我說：「回去吧，別消耗太多濾罐。」

就這樣，我們退回去到平台。

「四處都圍起來了，我們該怎麼走。」油條說道。

小鳥只好說：「唯有看看會不會有一些暗道可以離開吧。」

「我們本來就不熟這裡，這還眞的有點難度。」說實話我也沒有什麼頭緒。

一會後，我接著說：「不過我們還是看看有什麼可以做的吧。」

我們逛了逛，然後在一座大樓下有人看著我們，向我們走來。

「你們有空嗎，過來幫忙一下。」那個不認識的人跟我們說道。

「怎麼了？」小鳥問道。

「我想上去頂樓看一看外面情況，而且想看看有沒有什麼有用的東西可以拿下來用，一起嗎？」

我們看他只有一個人，然後想了想反正現在都沒事可以做，就陪著他一起去。

因為電梯都停止運作，所以我們只好走樓梯上去。走頭幾層還好，上到大約七八樓我們就已經累得上氣不接下氣。

「媽啊，是誰發明戴著防毒面具走樓梯的？累死我了。」我氣喘得好像快要呼吸不了一樣。

「戴著累死，不戴被看到出去而死，你選哪樣？」豆漿滿頭大汗地說著。

走到大約十樓左右，我說：「我要先喘一下氣，你們先走，我真的不行了。」

領頭的那位朋友聽到後向下看了我一眼，那動作就好像在看一個白痴。從他向下看的姿勢，彷彿在說著「你是怎麼生存到今天的？」一樣。

不過他還是放慢了腳步去遷就著我，人通常都是口硬心軟的嘛。

終於上到應該是最頂的那層吧，我一整個明顯已經是累垮了。

其他人都滿頭大汗喘著氣，不過狀態都要比我好。媽啊，原來體能最爛的那個是我。

我們走近窗邊，看出去什麼都看不到。可能是太高？或是角度不對？我們試著靠在窗上，在樓層內不同位置走來走去。

然後帶我們上來的那位朋友拿出望遠鏡來，試著在不同的位置看。嗯……有經驗的哨兵真好。油條也拿出背包裡面的望遠鏡，我們輪流的看著。明明是上來看找出路跟看封鎖線，我們搞得在看風景似的。不知道那位朋友看著我們會有什麼感受，不過我從他那個看智障的眼神中看得出來，他應該被我們弄得放棄人生了。

　　「下去找有用的東西吧。」那位朋友應該是看夠了，叫著我們走。

　　我們就跟著他下去。我們離開的時間看見坐在外面的保安，說了聲「不好意思」，然後才離去。我們走了一兩層，發現全部門都被鎖了起來。

　　「你們站後一點。」那位朋友索性拿著他手上的鎚子破開門鎖進去算了。

　　「好帥。」我好像在發花痴一樣小聲地跟小鳥說道。

　　然後他很快就把門打開了，我不由得感嘆他真的很厲害。我原本以為我們平常經常在馬路上吃彈已經算是不錯了，誰知道進來後才發現我們根本只是渣渣，還是新手入門而已。

　　我們把辦公室跟課室都走了一遍，最後發現一輛已經很破舊，已經生鏽的手推車，還好我們都有戴著手套。拿上手後我第一句就是：「真他媽的重。」

　　我們就抬著手推車慢慢的走下去。我內心咒罵著把電梯停起來的那個人，要我們拿著那麼重的東西，戴著防毒面具去走那麼多層樓梯。

　　到了地上以後，我們把手推車給了那位朋友以後就跟他分開了。

「我們接著去哪？」油條問道。

「前面好像是在打，過去看看。」我們小跑走過去。

我們站在平台上想要下去前面，突然一聲巨響，然後我耳朵有點疼。

「搞什麼？」我艱難地說著。

下面有人開始跑回來，然後隔壁有人大叫著：「大家小心，那些混蛋用音波炮跟震撼彈！」

我對這些完全沒有概念，然後又傳來很多下巨響。「他們是不是瘋了，又封鎖大學，又亂開槍，現在又這樣。」我掩著耳朵大聲的吼道。前方一直有人被扶著回來。我們慢慢走下去，入目所見的皆是橫飛的子彈，水炮車射著化學水。在距離入口一小段距離前方的人們就在用桌子、雨傘等工具在拼命地抵擋著……

「先後退一點。」沒過多久我拉著豆漿向後退，我也不知道為什麼我不走上前，是因為害怕？還是因為擔心後面的小孩？還是對水炮車有陰影？我也不知道。我們還是完全不知道發生了什麼事需要對家用到這種等級的武器。這根本就是在發洩著而已。

回到校園內我們還是驚魂未定。不過看見前方物資開始不夠，然後我們就加入了搬物資的行列。說實話，打我們真的不夠打，能做的只有這些。

過了一段時間後終於回歸平靜。校園內四處都是受傷的人，或是在找出口的人。

「我電話快沒電了，要找個地方能充電的。」我看著生命值垂危的手機，開始擔心我們會跟外界失去聯繫。

「可是我們沒有插頭，怎麼充？」豆漿問道。

我想了一下，然後說：「先找到電腦吧，用電腦充電就可以了。」

小鳥提議說：「去一些比較靜的大樓吧，那裡應該會有還可以用的辦公室。」

「就這樣吧。」我再提出：「先去換回口罩，這樣穿著走太不方便了。」

我們走了去比較遠的大樓，一直沿著樓梯走上去，樓梯中都停留著不少的人，似乎大家都很累，大部分都是攤坐在地上，當我們走過的時候，他們都會立馬坐起來，待看清楚我們不像是狗們後，才又倒下睡著。

「還好我們看上去不像狗。」油條說道。

「所以我什麼時候都說童顏是最重要。」我邊說，雙手邊摸著自己那自以為可愛的臉。

小鳥用著一副想殺人的眼神，一邊點頭一邊說：「嗯，嗯，嗯。」明顯就覺得我們是挖苦著他。

「你看上去也不算老啦好不。」我好像是「安撫」著小鳥的說道。

「對，對，對，你們都對。」小鳥繼續剛才的樣子說著。

「乖嘛，別這樣。」我抱著小鳥的手輕輕拉了他幾下，然後隔著口罩捏了捏他的臉。這一波操作直接看傻了一旁的人。

豆漿道：「不用走那麼高吧，已經都走了幾層了。」

「也好，進去看看吧。」我也覺得累了，不想再走了。

打開樓梯門，我們走進去樓層的中間。

「挖靠，現在大學那麼爽的嗎？還有沙發在大廳！」油條看著大廳那些沙發跟座位驚訝地說道。

「先找房間，我們今晚還要在這過一晚。」小鳥邊說邊看有沒有門是沒鎖著的。

「這一層出入的人太多了，我們再上去一點吧。」我叫停了他們，因為在我們聊天的時候，我已經看見有幾個人走過。在這個不知道誰跟誰的時間點，還是小心一點比較好。

我們向上走，然後隨便找了個樓層就推門進去。這一層就比較像是課室跟辦公室，最少中間是沒有十幾人大沙發的那種。

大家都很自動自覺的去嘗試打開房間。

「這家沒鎖。」我打開了這家房門，這裡面的格局是一個小辦公室。

「不好意思，我們也不想進你的地方，可是我們沒辦法了。」我們對著沒人的房間說道。

我們試著打開電腦，很好，電腦是可以打開的。雖然沒帳號密碼登不進去用不了，可是用來充電已經是綽綽有餘。

「今晚就住這裡吧。」我還沒說完，油條已經躺下了。

房間雖然是比較少，可是可以鎖上門，而且也勉強足夠我們幾個人一起躺在地上。

「好累啊……」油條好像快要死掉一樣，靠在牆邊坐在地上，用衣服擦著眼鏡。

「今晚就在這裡過了，還好這門能鎖，應該安全的。」我把電話插進電腦充電，終於有電能夠開機。

這時候豆漿說道：「我有點口乾。」

　　「操你媽你不早點說，剛才坐下你才說。」我想死的衝動都有了，剛剛才找到個地方可以休息啊！這裡回餐廳是有多遠啊！

　　「這裡應該會有飲水機的，正常大學每一兩層都會有的。」小鳥狀甚冷靜。

　　「我們出去找找吧，順便找一下廁所在哪。」我不情願地起來。豆漿也跟著我起來。

　　「你們去吧，我很累，想休息一下。」油條躺在地上，伸著懶腰用著懶洋洋的語氣說著。

　　我就好像一個媽媽叮囑著小孩那樣說道：「等會我們出去後你把門鎖起來，我們回來會叫你，沒聽到我們聲音記得別開門。」

　　「走吧。」小鳥說道，然後就出去了。

　　我們先是找到了洗手間，大家都解決一下，然後再出去找。

　　這個樓層除了我們幾個，我們還遇見了另外一隊人，不過大家都是沒交流的擦身而過。不過這也很正常，畢竟在這裡誰也不知道誰是誰，誰也不想要冒險。

　　找了一會後我們找到了一個員工休息室或是廚房那樣的地方。有著飲水機跟基本廚房用品。

　　「啊……來到這還是要幫忙換水。」我看著飲水機上的水桶已經沒水了就吐槽道。

　　小鳥沒好氣的說：「有水你喝不就已經很好，還想怎樣？」

「快點啦，我口很乾，快要缺水死了。」豆漿急不及待地拿起一旁的紙杯。

「好啦好啦。」我熟練地把飲水機換上。

「也拿一杯給油條吧。」小鳥提議道。

「要不要把水搬一桶回去，那樣就不用出來了。」豆漿說道。

「不用啦，我們搬了回去那其他人喝什麼？反正這也很近而已。」我直接否決了豆漿的提議。

就這樣，我們回去了房間，然後鎖上了門。

「流傳他們準備攻進來了。」油條驚魂未定地說道。

「我們怎麼離開？」豆漿也緊張地說道。

我說：「我也不知道，天亮了再探路吧。」

這時候秋野他們也知道我們被困在了理工大學，幫我們尋找著出路。

我問他們：「你們家人怎樣？會不會很擔心？」

沉默了一會，然後小鳥說：「也沒辦法啦，我們也出不去。」

豆漿黯然道：「先撐過今晚再算吧。」

「第一次覺得能夠看見明天的太陽也是那麼不容易。」小鳥感嘆著。

此時候房間的氣氛壓抑到極點，絕望的氛圍在彌漫著。大家都在不知所措，不知道什麼時候會失守，不知道還有沒有命可以走出去。而這一個小小的辦公室彷彿就是我們唯一一個能夠稍微安心的避風港。

「我們能生存到今天也算是幸運啦。」我停頓了一會後

再說：「最少也挺過來了幾個月啦。」

豆漿這時候說：「我們要不要好像那些電視劇的先錄下遺言？」

我拍了他一下說：「用不用那麼誇張，遺言都出來了。」

「平時電影裡面都是這樣嘛。」豆漿摸著頭無辜地說道。

「先睡吧，明天再算。」

就這樣，我們渡過了漫長的一夜。第二天我們一早就醒來，就跑去了出入口那邊看一下，我們下去了地面，昨天激戰的位置現在的人不多，十分平靜，對方也在比較後的地方。看著跟自由只有一條街的距離，我們卻走不過去。

此時再看校園，這哪裡還有半點書香氣息，根本就是一個災難現場。

然後我們去了吃早餐。我們走到餐廳，拿了飯盒跟杯麵上地面吃，看著遠方的軍營，然後再看著遠處地面拿著槍的警察，這樣吃飯真的別有一番風味。

「接下來去那？」小鳥一邊吃著飯一邊問道。

「他們說有人從地下水道走，要不下去看看。」我看著各式各樣的資訊，只好都試一遍。

「那吃完後就下去地面吧。」小鳥說道。

油條看著豆漿說道：「下水道豆漿好像有點難吧……」

豆漿也一臉尷尬地說道：「看看吧，可能夠位通過呢……」

大家都忍不住笑了。

我們吃過了早飯後，就去找回下去地面的路。

「我們是怎樣從地面上來的……」我們繞了幾圈後還是找不到下去的路，感覺我們都完全是路痴。

「要不……去找個人問問？」豆漿提議道。就這樣，我們就隨便找了個人問是怎麼去樓下。他明顯覺得我們真奇怪，連路也不會，卻走進來。

我們幾經轉折，終於找到下去地面的路。

地面那層也有很多人走來走去，也各自在找出口。有人圍在了下水道的井蓋，也想經下水道離開。我聽見他們在商量著該怎麼打開，我們也加入了。

「拿鐵棒來。」我們把鐵棒插進去下水道上蓋的洞內，然後一起用力把蓋子打開。

「拿另一條過來。」原來的鐵棒似乎不太能受力，兩下就彎曲了。

幾個男人一直在弄，可是弄來弄去都已經弄斷了幾條鐵棒了。

「哎哎哎，好像可以了，快，快往中間插鐵棒。」其中一個人激動地叫著。其中一條邊打開了一條縫，然後有人把鐵棒插進去了以後又多了一個位可以用力。

過了沒多久後……

「打開了打開了。」我興奮地喊著，轉過身來抱著小鳥。我們終於把下水道的蓋打開了。另一個小隊的人立馬走進去，但是沒多久就又爬上來。

「怎麼了？」四周的人都在問道。

「裡面太窄走不了。」其中一個人回應道。

四周的人都像洩了氣一樣，有人撿起地上的東西扔出去來發洩著，有人攤坐在地上。

　　「我們再去找出路吧。」我拉著豆漿的手，然後一行人繼續去找出路。

　　我們去了不同的位置去找可以用的下水道，可是我們逛了很久也沒找到。

　　秋野跟電腦神他們這時候也發來了大學一帶的下水道路線圖，看著密密麻麻的線跟編號，我第一句就是：「操，這怎麼看。」

　　「還是要先找找我們在哪裡。」小鳥說道。

　　我們嘗試著去把下水道的編號對上，可是對了幾個都對不上。同時我們不知道哪些是雨水渠，哪些是其他。

　　電話訊號在下水道收不到，加上我們完全不熟悉這範圍，所以我們討論過後決定先試著找其他出口。

　　「上去天台看一下，看看有沒有地方是少點狗的。」小鳥說道。

　　我們走上了建築物的高處，看見有一條路軌，而且有條大馬路。

　　我馬上說：「去看看路軌那邊，好像有機會可以從那邊出去。」

　　小鳥也看了看過來，然後說：「去看看吧。」

　　我們繞了很久才找到那邊的大樓出入口，把頭探出去後就看見有狗在橋上，似乎沒機會通過。

　　「回去吧，上面有狗守著，可能晚點再過來。」

　　就這樣，我們又回去了。然後走到另一座大樓。

「這邊跨出去跑下去有沒有可能？」我看著那條沒人的大馬路，如果跑得夠快的話應該可以逃離。

「可是兩邊都有人拿著槍，被射到的話跑走不容易。」小鳥看著兩邊在埋伏的警察，小聲說道。

「唉，還是先回去。」就這樣我們又回到校園內。

秋野跟非洲姐她們要我們每一段時間都報一下平安，然後一直在幫我們找出去的方法。

然後外面就傳來消息說中學校長們會進來接未成年的中學生離開，只要登記身分證就可以離開。警察也承諾未成年的學生可以登記身分證跟拍照後就可以離開。

「你符合資格耶，應該理大裡面年紀最小的人是你耶。」我看著豆漿說道。

「我才不這樣走出去，反正到最後清算起來還是要死，我走出去不就是送頭。」豆漿卻一口回絕，然後再說：「只有我一個出去，等會死掉也沒人知道，而且最少我起碼試一試不被抓。」

小鳥跟我聽後給了豆漿一個微笑，然後我抱著豆漿。最少我們不會分開。我想，大難臨頭下的團結就是在講這個吧。

我們回去休息了一下，差不多到夜晚。外面的人發起營救理大行動想要攻進來打通理大跟外面的連接。理大裡面的人群聚集在出入口，準備和外面的人會合。

「終於有人來救我們了。」四周圍的人都十分激動。

我看著電話直播裡頭那站滿人的街道，也激動得不自覺地哭了，因為我們沒有被遺忘，有人還記得來救我們。

「我們是不是可以出去了？」油條興奮地問道。

「等他們差不多打進來的時候我們就攻出去。」我回應著。

在群組裡我看到秋野跟非洲姐她們全都出來了，而神粥、藍毛，差不多大部分認識的人也走出來了。我的眼淚也感動得忍不住流了出來。

我打電話給神粥，打了幾次終於接通了，我問道：「你那邊怎樣了？」

「我們還差一兩條街就攻進來了，你們準備好。」他身邊隱約傳出一些爆響聲。

「你們自己也要小心，別被抓了。」

掛掉電話後，我們也做好準備，期望著被救出去。

誰知道過了一會後，卻傳來攻不進來的消息，就只差一點點，卻因為武力太不對等，只能遺憾收場。

我再打電話給神粥，也確認了這個消息。我們的心情就從天堂跌下去了谷底。

「別等了，攻不進來，我們這邊也攻不出去，去找出口吧。」我心灰意冷地說道。

我們一行人就回去昨天那個路軌那邊。

「靜靜地翻過牆，然後沿路軌跑出去。」

「他們在上面沒看到這，靜一點應該可以過。」

我們小聲地討論著。正當我們爬牆爬到一半的時候，有人跑過來這樣跳去軌上，弄出很大的聲響，把警察們的注意力都引過來，用槍指向我們。

「該死的，他是有病吧？」我罵了一句，然後我們幾人

就跑回去大樓內。

「那個人也太笨太自私了吧？真給他害死。」小鳥生氣地罵著。

豆漿也抱怨了：「這也太過分，就差一點點而已。」

在他們罵不停的時候，我打斷他們說：「快找其他路吧。」

我們回到平台，重新考量了一下。

「聽說好像有人在鐵絲網那裡跑了出去，要不我們看看？」小鳥提議道。

我只好說：「反正也沒辦法，去看看吧。」

我們走到圍欄邊，走了一會看到了有一個被剪開的洞。

「應該是這個洞了吧。」我看著這個剛好一個人能通過的洞，再看看漆黑的馬路，應該是這邊了。

「應該是了吧，趁黑跑吧。」

「跑過去對面軍營後繞這邊出去應該看不到我們，小聲地走吧。」然後我們就彎下身來準備爬過破洞。誰知道才剛趴下就剛好有輛警車駛到一旁停了下來，車上的狗應該是沒看到我們的。

「操，我們運氣也未免太……」豆漿忍不住吐槽了起來。

「你們是不是平常沒扶婆婆過馬路。」我也真的覺得尷尬，每次都這樣。

「我都有扶婆婆過去回來再過去。」油條也加入亂扯的行列。

「看來出去後我們要多做點善事，可我明明平常也是爛

好人耶，這也不夠喔？」我邊說邊站起來，這邊看來是沒機會了。

「你肯定是不夠誠心。」豆漿也站起來了。

然後我們回到平台，去到天橋那邊看見人們在游繩下去離開。下面有很多車在接應著。

「女生先走！」人們大喊著。

嗯，跟剛才那個雷我們的人不同，這邊的人有義氣多了。

「真聰明，我們怎麼沒想到。」我看著豆漿說道。

「那個女生怎麼不下去？」油條說道。我順著他視線看過去看見其中一條繩子上的女生正卡在那裡不敢下去。人們都在為她喊著加油。

過了一會後，警察那邊像是發現了，然後就向著橋這樣不斷開槍。

「你們這些黑警終會有報應的。」

「這樣開槍想殺多少人？」

「這些混蛋黑警就是想把人打死！」

人們都群情洶湧地罵著，而我們就在幫忙找著雨傘擋著。看著有些人離路面幾米高而中槍掉下去，人群尖叫了起來，可是那些黑警們完全沒有想要停下來的意思，繼續朝我們不停地開著不同的槍。只能說他們已經不再是人了！開始有人拿起弓箭、汽油彈這些武器。我想這一刻人們不再會選擇和平，心中的那條抗爭盡量不傷人的底線已經崩潰了，只剩下仇恨。

身邊的人都慢慢開始受傷，四處都是血。看見這一幕

幕，我內心也開始有變化。

橋上的人終於擋不住了，然後撤了回去。

夜深，我們幾個人回到我們休息的那座大樓。

「你還好吧？」我看著豆漿問道。因為豆漿年紀極小，我擔心他看到剛才的畫面會不會很不舒服。畢竟剛才連我也覺得極震撼。

「我沒事，這才符合黑警的本性。」豆漿坐在地上說著，語氣間有點驚魂未定但又不至於很害怕。

這時候神粥那邊打電話過來，秋野也很擔心我們這邊的處境，因為攻不進來，他們也哭著說：「就只差一點點，就那一點點，攻不進來，救不了你們。」電話那頭哭泣聲不斷。

「沒關係啦，最重要的是你們沒事就好。」我強忍著不哭出聲音來，心裡很清楚我們應該沒機會了。

我們聊了一會，就好像是臨終的聊天一樣，不願把電話掛掉。

「你們先休息一下吧，你們辛苦了那麼久，應該都累了，別擔心我們。」我還是掛掉了電話。

我心中也有點釋懷，沒錯，我們可能會失去自由，甚至會沒命，但是有著會為自己而拼了命的戰友們，我覺得人生也不至於太悲哀。

反正，人生本來就是充滿著遺憾吧。

「我們接下來怎樣？」這次換成是我在問。

「明天拼一把吧，被抓就抓，要死就死了。」小鳥說道。

「對，反正都要死了，明天走吧。」油條說道。

「我沒所謂啊，反正留在這也是等死而已，食物跟水都不夠。」豆漿說道。

「要不就埋沒良心和失去自由，要不就遭受牢獄之災，這，就是人類的世界，哈哈。」我嘲諷般說著。

然後再說：「希望明天過後我們還能夠一起上街吧。」我語氣中帶點悲傷，不過我也沒想到大家都已經釋然了，也做好了心理準備。

這時候電話傳來警察已經攻進來的訊息，我們沒辦法去確認真假。同時也夜深了，沒有什麼不可能發生的。

「快，回去房間。」我說道，我們快步地跑回去。

我們快速把門鎖上，然後又傳來是警察進來了我們身處的這座大樓。

「看來真的要多做善事。」小鳥小聲地說著。

「我肚子很餓。」油條說道，不說還好，一說就大家都覺得很餓。我們整天跑來跑去，卻只有在早上吃過東西，餓也是很正常的。

我翻找了一下，袋子裡只有我早前順手放進去的能量棒而已。剛好一人一條。

「還好有拿能量棒。」我說道。

然後大家都如獲至寶般看著手中僅有的能量棒，不捨地吃掉。

「這應該是我人生中吃過最好吃的能量棒。」豆漿說道。

「對，我以前都沒怎麼吃過能量棒。」油條邊說還邊舔

著手指，生怕錯過每一點精華似的。

「先睡吧，明天最後一拼了。」我說完了以後，就躺下了。看著他們餓得捲縮在一起，心中很不是滋味。後來因為有點冷，我們依偎在一起的睡了。

到了半夜的時候，突然的敲門聲把我吵醒了。敲門的那個人沒有出聲，一直在敲。我把其他人弄醒，大家都很有默契，警覺起來沒出聲。過了一會敲門聲沒再出現了。

「是不是狗？」豆漿小聲地問道。

「我怎麼知道？」我小聲地說著。

氣氛頓時變得極為緊張。

「算了，先睡了，明天還要逃亡。」說罷我又睡下了。

第二天，我們嘗試逃出去，結局不用想也知道我們被抓了。

那些警察抓到我們第一句就是說：「終於抓到你們這些蟑螂了。」然後一邊搜我們身，一邊用著難聽的話語嘲諷著我們。而且命令我們把電話關上，我們只好照做。我們把電話關上了以後，他們就把我們拉上去警車上。他們各自「招呼」我們每一個人，在車上瘋狂地毆打我們，油條被打得最慘，手都差點被扭斷了，還被「招呼」他的那個警察把催淚水劑的那個噴壺強行塞進他的嘴裡，油條的求饒聲不斷，不過換來的只是更多的毒打跟嘲諷。

我、豆漿跟小鳥都沒出聲，警察最重點「招呼」我們的頭，似乎想藉著打我們的頭把我們打傻一樣。他們打夠了以後，就把我們抓去警察局。一去到，我心裡第一句說話就是：「他媽的這裡人也太多了吧？」全都是被抓過來的人，

最少過百個還在等。

　　我們被安排回去後剛好是警局內被拘留人士的派飯時間。我們也每人獲得了一個盒飯。因爲我是比較晚拿到飯的，看著小鳥、豆漿跟油條都狼吞虎嚥著，我心想有那麼好吃嗎？我打開，全是素菜，然後我更懷疑有沒有那麼好吃，吃得那麼香。我吃了一口，是冷的，而且味道也極度一般。這時候印證了一句說話，肚子餓的時候吃什麼也是好吃的。我也一樣把整個盒飯消滅掉了。

　　我們幾個被抓去錄口供，然後因爲太多人被抓，律師們太忙了吧，我們整個流程都沒有律師。不過我們幾個都對案情保持緘默，非案情相關的聊天跟個人資料才稍作回應。口供錄完了以後等了一會，就被領去換囚衣跟印手指模。身上原本的衣物全都被當成證物收走，只剩下錢包跟家裡鑰匙而已。

　　上去囚房後，我們四個被分開囚禁。而且不斷有人大喊著：「我要吃飯，我要喝水，我要去醫院。」警察走後，我向豆漿跟油條問起那個人，然後他們跟我說：「差不多最盡頭那個囚房的那個人頭破血流，滿臉是血，他說喊了大半天警察也不讓他去醫院。」聽罷我心中頓時涼涼的，不知那位兄弟還是不是喊著這句說話。

　　過了一會我的囚室多送來一個囚友，也跟我一樣在理大被抓的。就這樣我們兩個人渡過了這漫長的拘留期。

　　在囚房裡面沒有時間概念，氣氛也很壓抑。過了不知多少個小時，天亮與天黑，我先被叫出去，看上去是文職的那個警察說：「你可以保釋了，打電話叫人來付錢保釋吧。」

我看一看他身後牆上的鐘，現在是半夜，我心想你他媽的全都睡了我怎麼叫人。不過我還是拿起他給我的辦公室電話打去。同時間還有另一個人跟我一樣被通知可以保釋了。他跟我一樣打了很多遍電話也沒人接。我們無奈地看著那個看上去比較斯文的警察，然後那個警察也一臉無奈地看著我們然後說：「繼續打吧，打到有聽為止。」

　　最後我打了十幾次終於有人聽電話，是神粥，電話接通的時候我十分激動，他媽的終於有人接電話。神粥第一句就問：「你是誰？」

　　「別那麼多廢話，快點拿錢來保釋我。」我激動地說道。

　　然後神粥迷迷糊糊地吐槽說：「這時候哪有車過來？」

　　「你直接叫計程車過來不就行。」我心想你會不會有點太笨。

　　我被帶回囚倉後，他們三個就被帶出去打電話了，不過他們回來後都表示不太順利，要不沒人聽，要不家人身上沒現金也不懂用提款機，要等銀行開門才能過來。不久後神粥到來後把我保釋出去。一出去等候的位置全都是律師跟做著保釋手續的人跟他們各自的家屬。神粥忘了帶鞋子跟褲給我，只帶了外套跟上衣，我想死的心都有了。我只好穿著即棄拖鞋跟囚褲走出街上找提款機，先拿錢把他們保釋出來。可是附近銀行還沒開門，然後我找街上的行人問哪裡有提款機，路人看著我那特別的穿著以後都紛紛投以奇怪的目光，回我說不知道。我只好穿著即棄拖鞋到我記憶中可是比較遠的櫃員機去拿錢。我就塞著這個爛拖鞋走了超過一小時的

路，中間還要上下山。我的腳痛到我快要喊媽了。

　　我拿錢回去，先把他們三個保釋出來，把手續弄好後，已經到了上中午時分，他們的家人都來了。

　　「你們先去醫院驗傷吧，弄好了晚點再一起出來。」因為他們三個身上的傷比較明顯，然後我算是被打最輕的，再加上在裡面過了這麼久，身上已經沒有很明顯的傷痕，驗不了什麼，所以就沒跟他們一起去醫院。

　　我先回家洗個澡換個衣服，然後就去把電話等等的東西全都買回來跟弄好。下午我們出來吃飯，大家經過這個禮拜的折騰都累壞了。

　　「靠北，你們可好，『招呼』我的那隻狗真是瘋的，我的手啊！」油條怨氣很深。

　　小鳥說：「我也被打很慘好不，那隻瘋狗一直拿我的頭撞窗。」

　　「全都被打啦，不過應該是你的樣子比較欠揍。」豆漿挖苦著油條說道。

　　「他們想打就打啦，反正也沒後果，檢控跟法庭也包庇他們。」油條有點憤怒地說道。

　　「上庭很多時手足們都向法官投訴啦，那麼久了有沒有一個法官有理過？」小鳥說道。

　　「司法公正，法治香港，哈哈，笑話。」豆漿嘲諷著。

　　「先吃啦，超過一整天沒吃東西了耶。」我笑著看著他們。

　　「真好吃。」豆漿好像上輩子沒吃過東西一樣吃個不停。

小鳥一邊摸著頭一邊的說：「也不用每下都打頭吧，在嫉妒人家比他們聰明嗎？」

我問他們：「跟律師聯絡好了沒？免得到時候要上庭沒律師。」

他們都回我已經在聯繫了。

「我們算幸運了，還能有命走出來，那個兄弟真慘，頭破血流又不能去醫院。」油條說道。

「他那動人的聲線真的……」我笑著笑著，卻笑不出了。

豆漿一臉純真地說：「還好有他在才沒那麼悶。」

因為豆漿這句話，我們都噴笑了。

油條又想起了囚房裡的遭遇：「在裡面冷死我了，就好像進了冷房一樣。」

豆漿回道：「我還好，我這邊有毛毯。」

「我這邊一張都沒有耶。」油條皺著眉頭說道。

「那真的是你的問題了。」小鳥說道。

「我也太倒霉了吧，怎麼被打最慘是我，沒毛毯的也是我！」油條很不爽地說道。

神粥挖苦道：「誰叫你平常在街上不幫婆婆撿水果。」

「多做點好事啦。」豆漿也取笑油條道。

「不過出來後真的輕鬆了很多。」小鳥說道。

油條同意道：「真的，在裡面快要呼吸不了。」

「裡面那麼高壓，都快要精神崩潰了。」說實話我也覺得很辛苦。

「還要一直被雷。」豆漿抱怨著說。

　　大家一聽都笑了。不過其實在那個時間大家都很崩潰，其實也很難去怪其他人。

　　我們一直聊東聊西，吃完飯了以後大家就去買東西，然後就回家休息了。

　　把電話弄好了以後，我在不同的同學群組也看到我被抓的消息，基本上認識的人都知道我被抓了。

相遇的緣分，是為了離別而到來

可能是尚且倖存吧，出來的第二天我去探望可樂，見面後他劈頭就罵：「白痴，不是說叫你別被抓？」

「你講得好像是我想被抓似的。」

「我昨天還在報紙上看看你有沒有在公開的名單內。」

我沒說話。然後他繼續說：「現在好了，都一起進來了。」

我回道：「我才不要。」

「你知不知道你沒來幾天我有多擔心你？你沒來幾天我就猜到你是出事了。然後早兩天就有人來跟我講你被困在理大。昨天就有人告訴我你被抓了。」可樂有點激動地瞪著我說道。

我還不以為意地說：「現在不就是好端端地在你面前。」

可樂直接給了我一個白眼。

「你別進來，進來我打死你。」他舉起手指著我說道。

「來啊，誰怕你。」說完我對他做著鬼臉。

「小心啊白痴，別再被抓。」

「行啦，你以為我是你喔。」

「你上次不也是這樣講，然後呢？」

探望完他之後，我就去找秋野跟非洲姐她們，然後我們到街上去幫忙開街站，宣傳著即將到來的選舉。

他們都很擔心我，看見我沒事後才放下心來。

我們才在街上發傳單沒多久，就有人過來向著我們大叫：「死蟑螂！」

這樣也就算了，誰知道還有自稱民主派支持者的阿姨走過來批評我們：「我原來也是支持民主派的，可是我們不需要一個犯罪的團體去代表我們。」「你知不知道你們有多暴力？我也不知道今年該怎麼投了。」等等。我們只能以微笑去回應。

我們在街上喊道：「選舉只是其中的一部分，大家還要繼續參與其他活動。」

不過人們似乎並不太認同我們的主張，不斷跟我們爭論和強調選舉的重要性，選舉贏了就可以了。我們重申選舉只是一個公投的反映，可是其他的東西都比選舉重要。在別人的制度內抗爭並不能推翻制度，贏了也可以被取消資格，因為權力在對方手上，要把重心放在不同抗爭上。

誰知道，換來的卻是被別人罵得狗血淋頭。

這一刻，我們才真正明白：原來每個人都有自己的時區，對事物的理解進度也是不一樣。

哪怕是同一陣營，我們也似乎不被接受。

不過我們也遇到挺感動的事。有些人看見我們，就過來抱著我們，說：「辛苦你們了！」甚至有人對我們說著說著就哭了。

街站開完後，我們把東西收拾好，就去吃東西。其他人看見我們幾個沒事，也放心了。

選舉過後，我們就回到正常生活，社會也有一段時間變

得相對平靜起來。

　　但是，在理大一役後，我身體明顯變差了，五勞七傷，肺部尤其明顯，甚至很多時候也會呼吸不了。同時精神狀態也很差，可能是身邊失去太多人了吧。我的生活裡面也多了每個禮拜去看醫生的環節。好在醫生知道我的情況後免費幫我治療，要不然我真的破產了。

　　我跟小鳥繼續有出去，不過都比以往後退了一點，畢竟我們再次被抓就不能出來了。而且街頭抗爭在理大事件以後，說實話參與的人數也少了很多。

　　我繼續上學，也繼續去籌集物資。可樂的房子我跟三萬退掉了沒再租。我繼而把東西都搬到去黃皮跟大塊龍他們那邊，甚至後期我很多時候都直接上去住了。主席直接把先前買給他們自己用的一張床給了我，讓我在上面睡。他們有另一家房子，雖然只是在附近的區域，可是大塊龍三番四次叮囑我：「你千萬別過去那邊，等我過來幫你弄。」我想他這樣做總有他的原因，也沒再糾纏或過問。後來我才從其他人得知原來他是在保護我。

　　因為經常走動，我跟黃皮、大塊龍還有其他人整天一起出去吃飯，關係也比原來親近多了。因為大塊龍比較成熟，我很多時侯有問題都會找大塊龍。而且有一部分東西都是他們那邊幫我去處理，去上庭旁聽我們也是一起去。我們在生活上的交流變得越來越多，友誼也變得更深厚。不過基本上我們在抗爭上沒有太多的合作，畢竟我知道他們那邊比我現在做的事情風險高得多。

　　這段時間看似靜好，但有一天我跟我的社工朋友們去酒

吧喝酒時，忌酸辣粉打電話給我說：「緣分你還好？還好你聽電話。」

我聽到一臉懵，然後回說：「你在說什麼？怎麼我聽不懂？」

「上面只剩下你一個生存而已，其他人都被抓了。」語氣中明顯有點悲傷。

「什麼只剩我一個？」我一時沒反應過來。

「大塊龍、黃皮、主席他們全被抓了，只剩下你一個能聯絡到。」

聽到這我慌了，心中想著到底是發生什麼事。

「爲什麼，爲什麼，爲什麼都要遺下我一個，到底爲什麼……」我腦袋一片空白，完全失去了思考的能力。

這時候我才想到，我一直以來知道他們那邊幹嘛，可大塊龍卻一直不讓我直接參與他們那邊的事，而獨立分開運作，是因爲他知道有這天……

不過現在那裡應該不能回去了，他們被抓一定會上門搜查。

我只能先去朋友那找地方過一晚。

這一晚，朋友們都很擔心我會不會被抓，我的情緒行不行。因爲我在理大的事後情況已經很糟，然後現在身邊很親的又剩下我自己一個。說實話，一伙人裡面剩下自己一個的那種感覺眞的很痛……痛到快要窒息。

我不禁問自己一個問題：「倖存下來的人，眞的還是活著嗎？」

第二天朋友載我回自己的家，在回家的路上，我們還沒

有任何消息。我甚至擔心會不會在家門口會有人在等我，或是剛進門口就會出事，不過萬幸的是什麼事都沒發生。回到家後，才覺得自己的家才是最好的。也是第一次覺得家裡的床是那麼安心，那麼舒服。

　　我打電話約了小鳥出來，因為我除了小鳥以外，我不知道可以找誰了。小鳥又陪了我一整天，這時候我才意識到原來最可靠的就是他了。

　　過了兩天，大塊龍暫時沒事，可是黃皮跟主席他們就沒有那麼幸運，我只能感嘆世事無常。有天我看完可樂後，大塊龍也剛好在附近上班，我們就出來一起吃午飯，再次看見他後感覺有點不太一樣，就好像看見一個你原以為再沒有機會見的人。

　　「還以為再也見不到你。」我拿起杯子說道。

　　「我也以為我再也不能出來。」大塊龍淡然地說道。

　　「現在我們全部人都被抓過了，哈哈。」我打趣地說道。

　　「唉，還好我們還能出來喝茶聊聊天，黃皮跟主席他們就沒那麼幸運了。」大塊龍嘆息著。

　　「慢慢地，人就越來越少了。」我也不禁感嘆著。

　　「很快就沒人可以出來喝茶了。」

　　「被打得慘不慘？」我笑著問大塊龍。

　　「我皮粗肉厚沒什麼，其他人就比較慘了。」他一邊說的時候一邊拍著手臂。

「你知不知道當忌酸辣粉打電話跟我說，剩下我一個的時候，我有多害怕跟多心痛。」我眼眶有點紅紅的看著大塊龍。

「你還是那麼愛哭，你沒事就好了，別想那麼多。」大塊龍把他那份食物分了一點給我。

「能倖存下來是一件好事，可是當剩下自己一個，那種感覺真的……」

「你別想那麼多啦，想得多壞腦子，人沒事就好。」大塊龍安撫著我。

因為疫情的關係，社會的焦點逐漸放在疫情上。街頭活動變得平靜下來。我們回到正常的生活，以前約出來都是上街，現在都是三不五時地約出來吃飯聊天。

而最常見的就是小鳥了，很多時候我有事都是找他去陪著我，我好像逐漸依賴小鳥。

雖說生活看似回歸正常，可是還是離不開監獄跟社會運動帶來的後遺症，幸好醫師一直照顧，身體才勉強沒惡化下去。同時間我們仍然在民主宣傳上繼續努力著，做著我們熟悉的事情。

誰知道平靜了沒多久的社會，因為萬能國安法的出現，再一次泛起漣漪。

國安法生效的那天，街上再一次出現不被批准的遊行。

「人很少耶。」我看著小鳥抱怨地說道。

「出來抗爭的成本高了嘛。」小鳥狀似看破紅塵，就差沒拿起茶杯或直接出家而已。

「理大後就真的少了很多人出來了。」我嘆息著。

「還有人出來就已經很好了。現在國安法根本無敵，原本的法律全都被它凌駕耶，條文又模糊，範圍又廣，他們想怎麼演繹就怎麼演繹，法庭又這樣，人們不敢出來也很正常。」小鳥無奈地說。

「法律體制本就殘破不堪，現在更蕩然無存，加上司法不公，香港安全有自由？簡直就是笑話。」我也嘲諷著。

「算了吧，大陸弄這個國安法就是想弄死香港。」

「那也是，我們做好自己，問心無愧就好了。」

遊行後，我們就去了公園聊天。

「你走不走？」我問著小鳥。

「走去哪？」他一臉問號看著我。

「我說移民。」我轉過身來看著這個長期幫我擋子彈的笨蛋。

「沒那麼快啦，很多東西還沒準備好。」小鳥說的時候看得出有點猶豫。

「可是你知道我們一定會出事耶。」

「我放不下這個地方。」

小鳥說了這句以後，我也變得猶豫了起來。是啊，每一個出來的人，誰不是真的熱愛著這個地方？

可是現實就是如此的無奈。

秋野、非洲姐、神粥、小鳥等等一行人都約了出來聚會。

「你們快點走吧，再不走就來不及了。」非洲姐向我跟

小鳥說道。

「對，政府現在不斷清算，法庭也變成了傀儡，留在這裡只會更危險。」秋野也說道。

「現在連市民私人檢控濫用武力的警察，然後檢察官都可以強行介入終止訴訟。親政府暴徒眞暴動跟傷人，網上都有清晰的犯案影片，可是他們就是不會被抓。而反對他們的人，只是說一句話，也會被判坐牢。香港法治眞的很公平，唉。」神粥嘆著氣說道。

「有了國安法，以後也可以任意增加什麼黨安法、省安法、城安法、區安法，要什麼有什麼。」非洲姐無奈地說。

「現在身邊的人一個又一個的離開，每一次吃飯跟見面都彷彿是最後一次的一樣，好像人生中本來要經歷的離別都提前在同一段時間，眞的有點……」秋野說的時候看上去有點悲傷的感覺。

「能走就走吧，香港已經沒救了。」非洲姐說道。

這個聚會最後變成了勸走大會，染上了離愁的色彩。

畢竟移民並不是一件容易的事，所需的金錢也不少。年輕人要不本來就能力很強，要不就是家底雄厚，不然就難以離開。終歸也是大人才比較有能力離開。而在我所見的，大部分前線的人，早在社會運動中散盡積蓄，到想要換個地方生活的時候卻無能爲力。

甚至有人面對法律打壓，可是卻連請律師做最後抵抗的能力也沒有。

我和小鳥再一次去到茶居喝茶聊天。

「K失聯了，優優跟我找了他很久也聯絡不了他。」我向小鳥說道。

「唉，這時勢發生什麼事情都真的不意外。」小鳥嘆息著。

「你可真的看得開。」我被小鳥這個平淡的反應弄得不太清楚發生什麼事了。

「你會不會很失望？」小鳥突如其來地問了我這個問題。

「什麼失望？」

「你去找人幫忙但都這樣耶，應該很失望才對吧。他們當初那麼有心，現在出事要善後找他們幫忙時就無影無蹤，諸多藉口。」小鳥說道。

「沒有什麼失不失望，只是看清了大人的善良，其實百分之九十都是經過利益計算後的產物而已。」這次換我看破紅塵，淡然地回應著。

「怎麼聽上去你好像看很開似的？」小鳥被我這不符人設的反應弄得目瞪口呆。

我拉起小鳥的手，看著他說道：「從來可以相信的，其實就只有戰友、家人跟自己而已，不是嗎？而且最少我還有你們。」

「你用得著那麼肉麻嗎？」小鳥有點臉紅。

「經歷了那麼多，什麼都看化了。」我本以為自己會很難過，或是很執著。但原來也不過是如此，就好像什麼都沒有發生過一樣。

「你還信不信這個世界有好人？」小鳥問了我這個奇怪

的問題。

「我信，只是好人剛好總是不會出現在我們身邊而已。」

「你要走了嗎？」小鳥看著我的眼睛向我問道。

「沒辦法啦，就當是出去環遊世界，或是去學東西就好了。」我有點不捨地說道。

「這一刻你有沒有後悔過當初走出來？」小鳥眼眶微紅地看著我問道。

「雖然很痛，失去了很多，可是有幸參與跟見證這個大時代，體驗很多人一生也沒有體會過的事，我想，這些年的人生也算沒有白過吧。」說著說著，眼淚不爭氣地流了出來。

「我們控制不了人性，也選擇不了我們成長的地方，也決定不了我們的未來。」小鳥也忍不住哭了。

「我們可能改變不了時代，可是最少我們證明了彼此沒有被世界同化。」我聲音沙啞地說著。

「也是，反正我們盡力過了，拼過了，算是問心無愧吧。」小鳥說道。

「終有一天，會開花結果。」我邊說邊用力抱著小鳥。

「我們在這個時代盡力了，最少我們對這個時代已再沒有虧欠。」小鳥說道。

「我真的沒想到，到最後『攬炒』的口號並不是由我們去完成，而是由港共政權完成。」我似笑非笑地說道。

「你會怎麼總結這些年？」小鳥問道。

「感謝這些年帶給我的遺憾，和時間不能磨滅的回憶。

有了遺憾，人生才算完整。」我雙眼依然通紅。

「祝你好運，早日找到你的『一夫一妻』。」小鳥臉上擠出了一個微笑。聽到這一句的時候，我內心的感覺有點不太一樣。

「希望相聚之日早點到來，願十年後我們仍記得彼此。」

「我有時候都不太明白，假如沒有發生這場運動，我們都沒有認識，就不用去到如斯田地。」小鳥看上去有點黯然神傷。

「有時候緣分就是這樣，讓你遇見我，卻又要將我們分離。既然始終要分離，那麼為什麼人與人之間要相遇呢？」

我抬頭看著小鳥，其實我心中很想說如果不是要離開的話，那個夫其實已經找到了。看著每一段被逼不能繼續的緣分，我心中都只想問一句：「為何你要遇見我，然後卻不和我繼續走下去？」

緣‧因

「香港人眞的很勇敢。」女顧客流著淚地說著。

「時也，命也而已。遺憾的是，直到今天，法庭也沒處理過任何一個警察在這個社會運動中濫用私刑的問題。檢控一方繼續不斷地包庇偏幫政權一方以及親政府勢力。中國跟香港政府大幅修改選舉制度，令選舉變得更加不公平。立法會不到四分之一的議席，九十個議員只有二十個是由地區居民一人一票投出來的。而且所有選舉裡面，報名人都要通過政府的審查才能有資格去選。甚至只在法庭對因爲社會運動被控告的人鼓掌，都可以被政府用國安法抓起來。」我搖了搖頭說道。

「自由眞的得來不易。」

「所以活在自由土地上的人，要好好珍惜得來不易的自由，要好好守護自己的地方。」我淡然地笑道。

「所以緣分現在怎樣了？」她好奇地問道，說話的同時眼睛直勾勾地看著我。

「人家的私隱我不便說啦，我只能說他仍然很笨地在努力著。」我回應道。

「老師你還沒解釋名字耶。」

「啊，對不起。」我拿起茶杯喝了一口，繼續說：「祿，有乘旺的意思，也有多出來的意思。乘旺著，延續著，這一個因爲時代而多出來的緣分。半善，就是期望每個

人都不忘初心，在心底裡留著一點的善良。」

我還沒說完，女客人就打斷我說：「所以說，這裡就是紀念這個緣分跟初心的一個家吧。」

「對一半。除了紀念以外，也是匯聚的意思，因為總需要有一個地方，可以讓人們團聚。每一個人都需要一個家，哪怕只是心靈上的家。」

聽後，她喝了喝飲料，然後猶豫了一會後問說：「命理師不是一般不碰政治的嗎？」

聽見問題後我笑著搖了搖頭說：

「看情況啦，不一定，總有例外的。更何況我又沒打算從政。而且這世界就是那麼奇怪，就好像很多人明知道前面有危險，仍然為了目標去努力一樣。」

「對，人真的好奇怪。」她也感嘆了起來。

「就好像我平常的客人一樣，明明跟她說了那個是渣男了，還是不捨得放手，繼續跳進火坑。」

她聽後笑得差點把嘴裡的飲料都噴出來。

「對了，那你的煩惱或問題是什麼？」講完故事以後，我回到了正事上。

「我的問題是……」

 後記

　　在寫這一本書的過程中其實也掙扎了很久。

　　光是決定要不要把同性戀情節寫下來，筆者也掙扎了很久，因爲在現時的社會氛圍下，接受程度仍然有待進步，但如果缺失了這部分內容又變得不完整。

　　因爲這是眞人眞事改編，所以花了很多時間決定所寫下的細節程度，不能寫得太仔細，又不能太輕描淡寫令讀者們都看不懂在寫些什麼。

　　還有，要直接面對和回憶起在社會運動當中的各種經歷、失去和創傷，實屬不容易。說實話，在寫這本書的時候筆者也哭了很多遍。

　　幸好得到朋友們、戰友們的支持、鼓勵和幫忙，在補充和修正部分角色原型的細節後，此書最終仍然能夠完成。希望大家會喜歡。有機會的話會再出其他人物視角、後續以及支線。下一冊擬聚焦早餐戰隊的支線，以幾位中學生的經歷爲基礎。年紀小的人在這一場運動中佔了很大比重，值得藉此在歷史中記錄他們的聲音。

　　願各位能捍衛自身的自由，繼續活在自由的土地上。畢竟自由，並不是從天上掉下來的。

國家圖書館出版品預行編目資料

爲何你要遇見我 Why You Have Met Me／祿緣老師著. --
初版.--臺中市：白象文化事業有限公司，2022.10
　　面；　公分
ISBN 978-626-7151-36-5（平裝）

857.7　　　　　　　　　　　　　　111008394

爲何你要遇見我
Why You Have Met Me

作　　者　祿緣老師
校　　對　逸
內容修訂及建議　小鳥、神粥、豆漿、藍毛、忌酸辣粉
特別鳴謝　夏天、忌酸辣粉
發 行 人　張輝潭
出版發行　白象文化事業有限公司
　　　　　412台中市大里區科技路1號8樓之2（台中軟體園區）
　　　　　出版專線：（04）2496-5995　　傳眞：（04）2496-9901
　　　　　401台中市東區和平街228巷44號（經銷部）
　　　　　購書專線：（04）2220-8589　　傳眞：（04）2220-8505
專案主編　林榮威
出版編印　林榮威、陳逸儒、黃麗穎、水邊、陳婷婷、李婕
設計創意　張禮南、何佳誼
經紀企劃　張輝潭、徐錦淳、廖書湘
經銷推廣　李莉吟、莊博亞、劉育姍、林政泓
行銷宣傳　黃姿虹、沈若瑜
營運管理　林金郎、曾千熏
印　　刷　基盛印刷工場
初版一刷　2022年10月
定　　價　368元

白象文化　印書小舖 PressStore出版群組　出版・經銷・宣傳・設計
www.ElephantWhite.com.tw　f 自費出版的領導者　購書 白象文化生活館 🔍